Weihnachtsgeschichten aus Brandenburg

Herausgegeben
von
Gundel Paulsen

Husum

Umschlagbild: Carl Scherrer, „Winterlandschaft“, 1883
(Abdruck mit freundlicher Erlaubnis der Kunsthalle zu Kiel)

Die Deutsche Bibliothek – CIP-Einheitsaufnahme

Weihnachtsgeschichten aus Brandenburg / hrsg. von Gundel Paulsen. – 5. Aufl. – Husum: Husum 2000
(Husum-Taschenbuch)
ISBN 3-88042-140-4
NE: Paulsen, Gundel (Hrsg.)

5. Auflage 2000

Satz: Fotosatz Husum GmbH
Druck und Verarbeitung: Husum Druck- und Verlagsgesellschaft
Postfach 1480, D-25804 Husum – www.verlagsgruppe.de
ISBN 3-88042-140-4

Verse zum Advent

Theodor Fontane

Noch ist Herbst nicht ganz entflohn,
Aber als Knecht Ruprecht schon
Kommt der Winter hergeschritten,
Und alsbald aus Schnees Mitten
Klingt des Schlittenglöckleins Ton.

Und was jüngst noch, fern und nah,
Bunt auf uns herniedersah,
Weiß sind Türme, Dächer, Zweige,
Und das Jahr geht auf die Neige,
Und das schönste Fest ist da.

Tag du der Geburt des Herrn,
Heute bist du uns noch fern,
Aber Tannen, Engel, Fahnen
Lassen uns den Tag schon ahnen,
Und wir sehen schon den Stern.

Geschenk

Eva Hoffmann-Aleith

Der Stellmachermeister schob die Mütze in den Nacken. Jeder, der ihn kannte, hätte daraus geschlossen, daß ihm die Unterhaltung lästig wurde. Aber der Vertreter des Fotogeschäftes stand zum erstenmal hier. Außerdem hätte es wahrscheinlich deutlicherer Mißfallensäußerungen bedurft, um seinen Redefluß einzudämmen. Noch eine einzige Bestellung – und der Kundenblock wäre voll. Warum sollte nicht der Stellmacher Teske dieser letzte Kunde werden und damit die Provision gerade noch vor dem Fest zu einem artigen Sümmchen aufrunden!

Der Vertreter stemmte den Fuß unternehmend gegen einen Bretterstapel. Die Lehrjungen hatten ihn säuberlich aufschichten müssen. Dem Meister war es ein Greuel, wenn während der Feiertage überall etwas herumlag. Der Fuß des Reisenden tippte ungeduldig gegen das Holz.

„Eiche", erklärte der Meister mit einem halben Seitenblick, „gut abgelagert."

„Schönes Holz", lobte der andere, der nicht das geringste davon verstand, „damit läßt sich etwas anfangen. Aber schauen Sie, hier habe ich auch etwas Schönes." Er schlug das Album auf, dem das Knie als Unterlage dienen mußte, und blätterte. „Schauen Sie, Aufnahmen, Vergrößerungen, handkolorierte Fotos, künstlerisch ausgeführt und überaus preiswert, geradezu geschenkt."

„Na, na, verschenkt wird heutzutage nichts", knurrte der Stellmacher. „Zu verschenken habe ich selbst nichts. Und Ihre Firma würde Ihnen schön auf den Kopf kommen."

Der Vertreter hatte den Kopf so andächtig auf die Probeseite gesenkt, als könne er sich von dem Anblick nicht losreißen. Nun hob er die Stirn und warf die volle Haarsträhne zurück, die ihm seiner Ansicht nach einen künstlerhaften Zug verlieh. „Du lieber Himmel", räumte er mit vertraulichem Lächeln und betonter Unbefangenheit ein, „jeder will leben, das bestreite ich gar nicht. Also wie wär's denn? Vielleicht ein Bild vom Fräulein Tochter farbig – oder eine Aufnahme der ganzen Familie unter dem Weihnachtsbaum – hier ist ein Muster. Na, ist das etwas Schönes oder nicht?"

Mit einem Sprung setzte der Reisende zur Tür der Werkstatt und versperrte mit dem hocherhobenen, weitgespreizten Album den Ausgang. Der breitschultrige Handwerker sah den schmalbrüstigen Künstler an wie eine Dogge einen Rehpinscher. Er steckte die Hände in die Hosentaschen, um nicht der Versuchung zu erliegen, den Hartnäckigen mit einer Bewegung beiseite zu wischen. Aber dann rührte ihn der treuherzige Aufblick und die Hartnäckigkeit, die ihm das Verlassen der eigenen Werkstatt verwehrte. In einem Anflug grimmiger Höflichkeit musterte er die Seite, die ihm in Augenhöhe entgegengehalten wurde.

An dem Baum, dessen Zweige sehr grün wirkten, steckten bunte Kerzen, blaue, rote und weiße. Mit außergewöhnlich starken Strahlen funkelten sie auf die Gesellschaft herunter, die mit erhobenen Gläsern dem Beschauer entgegenlächelte und allem Augenschein nach schon sehr fröhlich Weihnachten feierte. Die hellgelben Locken der jungen Damen leuchteten wirkungsvoll über farbenfreudigen Blusen. Auf dem Gabentisch reckten sich einige Flaschenhälse. Auf einer großen Konfektschachtel prangte eine rosa Schleife.

Der Meister fand das Ganze scheußlich. Es gelang ihm, sich hart am Türrahmen vorbei ins Freie zu schieben, wobei er energisch erklärte, keinerlei Bedarf für das Angebot zu haben. Der Reisende ließ eilig das Album in die Tasche gleiten. Draußen fiel ein nasser Schnee, dessen Flocken auf dem gepflasterten Hof sogleich in Feuchtigkeit zerflossen. Unaufhörlich redend begleitete der Kunstverständige den Meister bis zu der kleinen überdachten Treppe der Wohnung. Abwehrend winkte der Stellmacher: „Geben Sie sich keine Mühe mehr." Und er fügte das vertröstende und unverbindliche Sätzchen hinzu: „Vielleicht ein anderes Mal."

Der Begleiter machte Miene, ebenfalls die kleine Treppe emporzusteigen. „Dann dürfte ich wohl Frau Gemahlin fragen?" Der Meister drehte sich mit einem Ruck um, stemmte die Arme in die Hüften und formte mit mahlenden Kiefern an einer Entgegnung, die den anderen endgültig zermalmen sollte. Der zog es vor, abzutreten, bevor der lautlose Entwurf sich in Worten entlud.

„Also dann ein andermal!" Er streifte die Baskenmütze über und nickte im Abgehen vertraulich.

Die frisch aufgesteckten Scheibengardinen an der Verandatür zurechtzupfend, erkundigte sich die Meistersfrau: „Du wurdest ihn wohl nicht los?"

„Na, reden kann er nicht schlecht", gestand der Meister widerwillig zu. „Aber das ist ja schließlich sein Brot. Jeder Kaufmann preist seine Ware an."

In der Küche ging die große Säuberung vor sich. An Sonnabenden war sie besonders gründlich; heute vor dem Fest leitete sie gewissermaßen Weihnachten ein und gehörte beinahe schon mit dazu. Teske schrubbte und panschte, prustete mit ächzenden Lauten in dem Seifenschaum, während der Kopf in der Waschschüssel verschwand. Er kümmerte sich nicht darum, wenn es rechts und links über den Rand schwappte. Die Küche war mit Fliesen ausgelegt, und außerdem übte er nur sein gutes Recht.

Der Schwiegermutter waren diese ausgedehnten Waschungen in der Küche ein Dorn im Auge. „Wozu habt ihr denn die Badestube?" hatte sie gelegentlich tadelnd bemerkt. Aber Frau Teske hatte ihrem Mann beigestanden, wenn auch unter Beimischung eines Wermutstropfens: „Sieh dir mal die Überschwemmung an, die er jedesmal anrichtet. Soll ich mich vielleicht am Abend noch hinstellen und die ganze Badestube aufwischen und das Waschbecken scheuern? Da nehme ich lieber hier schnell den Aufwischlappen."

Teske liebte den altmodischen Ständer, der ihm dienstwillig die Schüssel hielt wie vordem seinem Vater. Er rieb sich trocken, gemächlich und genußvoll, und gähnte dabei aus Leibeskräften, weniger aus Müdigkeit als in dem behaglichen Bewußtsein, sich gehenlassen zu dürfen. In den letzten Tagen hatten sie ihm bald das Haus eingelaufen mit Bestellungen, Wünschen und Drängen. Aber jetzt war bis nach dem Fest endgültig Feierabend. Jetzt sollten sie ihn in Ruhe lassen.

An der Verandatür hörte er seine Frau sprechen. Der Tonfall setzte freundlich ein, wechselte allmählich zum Bedauern, wurde tröstend und mündete in die Versicherung, die von flinken näherkommenden Schritten untermalt wurde: „Ich werde mal fragen.

Des Meisters Gesicht verdüsterte sich. Wollte da noch jemand etwas von ihm? Er dachte gar nicht daran, jetzt noch einen Handschlag zu tun. Das Handtuch zornig zusammenballend, blickte er seiner Frau mißtrauisch entgegen.

„Aus dem Pfarrhaus haben sie hergeschickt, ob du den Pastor gleich mal nach Waldflecken fahren würdest."

„Jetzt? Heiligabend?" Teskes Stimme kletterte in der empörten Frage zu ungewohnter Höhe.

„Ja, eben, er schafft es sonst nicht rechtzeitig zurück bis zur Christvesper. Von Waldflecken ist angerufen worden. Er soll der kranken Frau Keller das Abendmahl geben."

„Ausgerechnet heute! Die ist doch schon wer weiß wie lange krank! Und ausgerechnet heute muß das sein?"

„Ja, sie soll ins Krankenhaus und wird wahrscheinlich heute noch geholt. Da möchte sie vorher das Abendmahl nehmen. Du fährst doch, nicht wahr?"

„Meinetwegen", sagte Teske verdrießlich. Beim besten Willen hätte er nicht behaupten können, daß ihn die Aussicht entzückte. An sich versäumte er nichts zu Hause. Den Unfug mit Schenken und Beschenktwerden machte er nicht mit. Der war seit dem Heranwachsen der Kinder stillschweigend eingeschlafen. Zu seiner Frau pflegte er zu sagen: ‚Wenn du etwas brauchst, dann kaufe ich es dir'. Und ihre schüchternen Versuche, ihm eine Kleinigkeit unter den Christbaum zu legen, der manchmal auch nur aus einem Strauß Tannengrün bestand, hatte er murmelnd zurückgewiesen: ‚Meine neuen Socken und die Rasierseife kommen mir auch zupaß, wenn es nicht gerade Weihnachten ist. Gib sie mir lieber so! Dann brauche ich wenigstens nicht erst die trockenen Tannennadeln aus der Wolle herauszuzupfen.‘

Er vermißte nichts, wenn Weihnachten wie jeder andere festliche Tag verlief. Die Lieder im Radio, die ihn an seine Kinderzeit erinnerten, hörte er gern, aber das war auch alles. Wenn seine Frau in die Kirche gehen wollte, konnte sie es tun. Er legte ihr nichts in den Weg. In den ersten Jahren hatte sie es getan. Dann war es allmählich unterblieben. ‚Ich möchte meinen Mann nicht gerade zum Fest allein lassen‘, pflegte sie zu erläutern, und er fand das ganz in der Ordnung. –

Als das Auto aus dem Dorf rollte, hatte der Meister seinen Ärger bezwungen. Die entschuldigenden und dankenden Worte des Pfarrers wehrte er jovial ab: „Na, was ist denn dabei, Herr Pastor. Ist ja man bloß Menschenpflicht!“ „In diesem Falle tun Sie mehr. Sie erfüllen eine Christenpflicht.“

Meister Teske wiegte bescheiden den Kopf und zog es vor, nicht weiter auf die freundliche Anerkennung einzugehen. Das Thema schien ihm gefährlich. Er war kein Kirchgänger und besaß dabei ein gutes Gewissen. Seinen Glauben hatte er doch, und den Pastor schätzte er. Hörte er ihn gelegentlich bei Hochzeiten oder Beerdigungen, rühmte er ihm stets wohlgefällig nach: ‚Der Mann spricht gut.‘ Aber ein Urteil über saumselige Kirchgänger wollte er lieber nicht herausfordern. Wenn man sich auch nichts daraus machte, ärgern konnte es einen Menschen doch, wenn man es ihm auf den Kopf zusagte. Darin waren die Pastoren nun mal alle komisch. So erkundigte sich der Meister lieber nach Frau Keller.

Ja, sie liege nun schon seit sechs Wochen und sei dankbar für jedes gute Wort. Ihr Ohrenleiden erschwere zwar eine Unterhaltung sehr. Man müsse fürchten, daß sie nicht alles verstehe. Deshalb sei es schön, daß ihr durch das heilige Abendmahl das Evangelium bezeugt würde.

„Ich habe noch nie gehört, daß jemand zu Weihnachten das Abendmahl nimmt", stellte Teske kopfschüttelnd fest. „Dahin paßt es doch eigentlich gar nicht."

Der Pfarrer sah ihn erstaunt an: „Wieso denn nicht?" „Na ja, unsere Alten gingen Gründonnerstag oder Karfreitag. Da gehört es hin, weil der Herr Jesus es doch zum Gedächtnis an sein Sterben eingesetzt hat."

Der Pfarrer zog die Augenbrauen hoch. Es kam ihm vor, als hätte er nicht den Stellmachermeister vor sich, sondern noch den schmalen, hochaufgeschossenen Jungen. Darum sprach er zu ihm wie zu seinem Konfirmanden: „Weihnachten heißt: Gott bleibt nicht fern und fremd; er kommt durch Christus in unsere Welt. Im heiligen Abendmahl sagt Christus: Ich schenke dir alles, was mein Leben und Sterben bedeutet. Gerade das Abendmahl zur weihnachtlichen Zeit sagt so eindringlich: Für dich! Für dich! Dir ist der Heiland geboren. Dir gehört das Geschenk Gottes."

„Das Geschenk –" wiederholte Teske gedehnt. „Natürlich", erwiderte der Pfarrer frisch, „natürlich ist es ein Geschenk. Oder finden Sie etwa, wir hätten es verdient, daß Gott sich um uns kümmert? Daß er uns geradezu nachläuft, sooft die Glocken läuten?"

Teske wischte unzufrieden mit der flachen Hand über die Scheibe. Das Fenster war beschlagen, die Sicht ohnedies schlecht unter dem schweren bleigrauen Himmel. Man täte gut, noch beim letzten Tagesdämmern zurückzukehren. Er wollte noch etwas vom Abend haben. Der Pastor hatte es ja auch eilig – der Christvesper wegen.

Eine plötzliche Regung des Mitgefühls wallte in ihm auf. Wenn seine Lehrjungen schwänzten, dann gab es Machtmittel. Aber wenn die Kirchenbänke leer blieben? „Sie haben es eigentlich schwer, Herr Pastor, Sie arbeiten Ihre Predigten aus, und dann müssen Sie abwarten, ob überhaupt Leute kommen, um sie zu hören."

„Es ist schon richtig. Wir können nur anbieten und warten, ob jemand zulangt. Das ist bei Geschenken nicht anders. Annehmen läßt sich nicht erzwingen, sonst hört es auf, ein Geschenk zu sein."

„Sie reden immer wieder vom Schenken. Gerade vor einer halben Stunde habe ich gesagt: Keiner hat etwas zu verschenken."

„O doch", entgegnete der Pastor leise und senkte nachdenklich den Kopf.

Nun fing Teske doch an, von seiner vielen Arbeit zu reden, die ihn förmlich auffresse, alltags wie sonntags. Er fände einfach keine Zeit, sich in die Kirche zu setzen wie andere Leute. Und wenn mal ein bißchen Zeit sei, dann wolle man schließlich mal raus – andere Eindrücke haben. Dann setze er sich mit seiner Frau ins Auto und fahre ein Stück in die Welt hinein.

„Verständlich, lieber Nachbar. Aber ließe es sich nicht doch einrichten, daß Sie bei Ihren Ausflügen dann und wann einen Gottesdienst erwischten?" warf der Pfarrer ein. „Das gibt nicht nur andere Eindrücke, sondern auch andere Gedanken."

Teske murmelte etwas, was er selbst nicht verstand. Der Pfarrer lachte leise: „Sehen Sie, Herr Nachbar: Von Ihrer knappen Freizeit haben Sie diese Stunde für die Fahrt gespendet, um der kranken Frau einen Gefallen zu erweisen." „Um es ehrlich zu sagen: um Ihnen gefällig zu sein, Herr Pastor", warf Teske ein. „Schön! Um anderen Leuten einen Gefallen zu tun, opfern Sie etwas von Ihrer Zeit. Ob Sie sich nicht einmal selbst einen Gefallen tun sollten und dafür eine Stunde drangeben?"

Teske hielt den Blick fest auf die Fahrbahn gerichtet und antwortete nicht. Die nassen Schneeflocken taumelten ihnen entgegen. Leise surrte der Scheibenwischer.

Um die Mundwinkel des Pfarrers zuckte es humorvoll. „Jetzt denken Sie sicherlich: Das hat man davon, wenn man sich mit solchen Leuten einläßt. Hätte er sich man aufs Fahrrad gesetzt, der ‚Preester' – und ich wäre in meiner Sofaecke geblieben."

Ein glucksendes Lachen antwortete. Es galt vor allem der Amtsbezeichnung, die hinter dem Rücken des Geistlichen von den älteren Leuten des Dorfes noch gern gebraucht wurde.

„Nichts für ungut, Nachbar“, der Pfarrer klopfte ihm leicht auf die Schulter, „ich rede nur so, weil es mir leid tut, wenn jemand sich das Beste entgehen läßt. Sie dürfen mir nicht böse sein.“

Schattenhaft flog dem Meister die Erinnerung an den hartnäckigen Besucher mit dem Fotoalbum durch den Sinn. „I bewahre, Herr Pastor. Weshalb sollte ich böse sein? Jeder preist seine Ware an.“

„Natürlich! Nur mit dem Unterschied, daß derjenige, der seine Ware anpreist, damit verdienen will. Aber wer mir meine Ware abnimmt, sichert nicht mir den Verdienst, sondern sich selbst.“

Hätte ich das im Examen gesagt, wäre ich durchgefallen, dachte der Pfarrer, das Evangelium als Ware – gar nicht auszudenken! Aber das Gewinnen – darauf kommt es an.

Unangenehm berührt verzog Teske das Gesicht und suchte abzulenken: „Wissen Sie, Herr Pastor, diese ganze Schenkerei Weihnachten ist doch eigentlich ein blühender Unfug. Ich mache da nicht mit.“ „Daran tun Sie recht.“

Teske war so verdutzt, daß er entgegen allen Regeln der Fahrkunst auf seinen Nachbarn zur Rechten starrte, bis der Wagen sich bedenklich den Chausseebäumen näherte. Schnell richtete er den Blick geradeaus, schüttelte aber nachdenklich den Kopf. „Ich erwartete nicht, daß Sie mir zustimmen würden. Sonst regen sich alle über meine Ansicht auf. Nur meine Frau ist da einverstanden.“ „Ihre Frau? Das wundert mich. Schenkt sie Ihnen auch nichts?“ „Bewahre! Das heißt – versucht hat sie es. Aber ich habe es mir verbeten.“ „Macht Ihre Frau dann wenigstens anderen Geschenke?“ „Na ja, den Kindern natürlich – das ist noch ein Überrest aus der Zeit, wo sie klein waren. Das läßt sich meine Frau nicht abgewöhnen. Dagegen habe ich auch nichts.“ „Das freut mich“, sagte der Pfarrer mit Bestimmtheit, „bei Ihrer Frau fände ich es nämlich grundfalsch, wenn sie das Schenken unterließe.“

Aus unerforschlichen Gründen tippte Teske auf den Knopf, der das Hupen auslöste. Die Straße war leer von

Menschen und Hühnern. Nur eine Krähe hüpfte mißmutig und träge über die Ackerschollen.

„Das ist mir unbegreiflich, Herr Pastor, nehmen Sie es mir nicht übel. Einmal sind Sie gegen das Schenken zu Weihnacht und einmal dafür. Warum machen Sie da Unterschiede?"

Der Pfarrer lächelte in sich hinein. Man merkte es an seiner Stimme. „Tja! Ich denke so: Schenken dürfen ist ein Vorrecht. Dieses Vorrecht hat nur derjenige, der in dem Geschehen von Weihnachten das große Geschenk Gottes sieht: Mir ist der Heiland geboren – wer das weiß, der kann seine Freude nur dadurch ausdrücken, daß er auch anderen Freude bereitet. Bedeutet ihm aber der Heiland nichts, dann soll er die Hände vom ‚Bescheren' lassen. Das ist bei ihm dann nichts anderes als Gedankenlosigkeit oder Mitmachen oder Krampf. Es könnte einem angst und bange werden, wenn man bedenkt, wie viele Menschen ihrer Meinung nach Weihnachten feiern und doch gar nicht wissen, was Weihnachten eigentlich ist."

„Stimmt, stimmt, Herr Pastor. Ich habe heute ein Weihnachtsbild gesehen, ein Foto, so ein farbiges. Mit spinatgrünem Baum und knalligen Lichtern dran. Eine angeheiterte Gesellschaft drunter – nein, wissen Sie, dann doch lieber gar nicht!"

„Darin sind wir wieder ganz einer Meinung."

Die Fahrt ging jetzt durch niedrigen Mischwald. Der Himmel wurde dunkler. „Das gibt noch mehr Schnee."

Waldflecken war eine kleine Siedlung, die im Sommer einen freundlichen Eindruck machte. Jetzt standen die vereinzelten Häuser wie verloren zwischen dem kahlen Strauchwerk. Teske klopfte sich eine Zigarette auf dem Handrücken zurecht und sah dem Pfarrer nach, der eben mit der Aktentasche unter dem Arm hinter der Haustür verschwand. Rund und prall sah sie aus, diese Aktentasche. Sie mußte nicht nur den Talar beherbergen, sondern auch die Abendmahlsgeräte. Dazu gehörte ein Leinentuch, ein Kreuz zum Aufstellen und Kerzen. Auch eine Feier am Krankenbett solle in würdiger Weise vor sich gehen, so hatte der Pfarrer gemeint und mit einem Aufblitzen der Augen bedeutungsvoll hinzugefügt: „Einen würdigen Rahmen sind wir Gottes Geschenken schuldig."

Behaglich streckte Teske die Beine aus, lehnte sich zurück und träumte ein Weilchen vor sich hin. Plötzlich entdeckte er zwischen den beiden Sitzen ein Buch, das halb in der Polsterung verschwand. Du meine Güte, der Pastor hatte sein Gesangbuch vergessen, das in der Ledertasche keinen Platz mehr gefunden hatte. Die Zigarette wurde eilig ausgedrückt. Der Autoschlag klappte. In wenigen Sekunden stand der Meister in der Küche des Siedlungshauses und horchte an der Tür, die in die Stube führte. Nein, da konnte er nicht mehr stören – die Feier hatte schon begonnen. Man hörte den Pfarrer laut und deutlich sprechen: „Unser Herr Jesus Christus spricht: Wo zwei oder drei versammelt sind in meinem Namen, da bin ich mitten unter ihnen."

Unschlüssig betrachtete Teske das Gesangbuch. Er konnte es hier doch nicht einfach auf den Tisch legen! Also nahm er es eben wieder mit ins Auto. Leise drückte er die Türklinke nieder, prallte aber zurück. Ein wildes Schneegestöber hatte eingesetzt. Der Sturm warf die Flocken fast waagerecht auf die Hausfront zu und ihm entgegen, als habe ihm ein mutwilliger Junge eine Handvoll losen Schnee ins Gesicht geschleudert. Schnell schloß er die Haustür von innen. Weshalb sollte er jetzt in das Unwetter hinaus? Das hatte in wenigen Minuten ausgetobt. Hier in der wohlig durchwärmten Küche ließ es sich angenehm warten. Die roten Fliesen waren sauber gescheuert. Auf dem Herd summte der heiße Wasserkessel.

Er war allein. Nur die Worte, die nebenan gesprochen wurden, drangen zu ihm – feierlich, eindringlich, volltönend. Die kranke Frau war ja schwerhörig. Der Pastor mußte laut reden. Es ging alles ganz natürlich zu. Und doch kam sich der Meister vor wie verzaubert. Als Junge hatte er leidenschaftlich gern Indianergeschichten gelesen. Da stand mitunter, wie jemand von einem Lasso umschlungen wurde, so kunstvoll und unerwartet, daß er sich nicht mehr bewegen konnte. Fügten die Worte sich nicht aneinander wie zu einem Strick, der ihn festband?

„Unser Herr Jesus Christus, in der Nacht, da er verraten ward, nahm er das Brot ...“ Wie lange hatte er das nicht mehr gehört! Zuletzt wahrscheinlich, als er und seine Frau den konfirmierten Jungen zum ersten Abendmahl begleiteten. „Nehmet hin und esset, das ist mein Leib.“ Jesus schenkt sich – so ungefähr mußte der Pastor vorhin im Auto erklärt haben. Das war nicht einfach hergeredet. Jesus hatte es selbst gesagt, und er hatte es auch getan. Sich selbst schenken – ein größeres Geschenk gab es nicht.

„... dieser Kelch ist das neue Testament in meinem Blut, das für euch vergossen wird zur Vergebung der Sünden –.“ Da war es wieder, das Geschenk des eigenen Lebens. Das ließ sich nicht mehr ungeschehen machen. „Für euch!“ Das ließ sich nicht auslöschen, auch wenn es einem unbequem war. Auch dann nicht, wenn man ein solches Opfer, eine solche Gabe, die bis ins Tiefste und Letzte reichte, gar nicht wollte.

War ein solches Geschenk nicht weit mehr eine Last, die man einfach nicht los wurde? Wenn man das ein einziges Mal annahm, nicht als Zugeständnis an eine Sitte, sondern weil man bewußt zu denen gehörte, denen diese Gabe zugedacht war, dann mußte das eine Bindung schaffen, die sich nicht mehr abstreifen ließ.

Nimm hin und iß – nimm hin und trink –. Vielleicht wollte man sich nur deshalb nichts schenken lassen, weil man sich gegen die Bindung wehrte?

Er hätte das, was ihm durch den Sinn flog, während draußen der Sturm sauste und drin der Wasserkessel summte, nicht in klare Sätze fassen können. Aber er fühlte es – weit deutlicher, als er es dachte. – Verwirrt fuhr er zusammen, als der Pfarrer zu ihm trat. „Sie wollten mir das Gesangbuch bringen – wie nett von Ihnen. Aber das Wichtigste weiß ich auswendig. Ich nehme es eigentlich nur aus Gewohnheit mit.“

Auf der Rückfahrt gab Meister Teske nur einsilbige Antworten. Dem Pfarrer war die schweigsame Fahrt recht.

Aber innerlich schüttelte er doch den Kopf. Ein merkwürdiger Mensch, dieser alte Stellmacher. Auf dem Hinweg so redselig, und jetzt tat er, als habe es ihm gänzlich die Sprache verschlagen. Er mußte wohl auf den Weg achten. Der kurze Dezembernachmittag ertrank in einem häßlichen Zwielicht. Von dem Schnee war nur Nässe übriggeblieben.

Über die Dächer des Dorfes wehten Glockenschläge, volltönend, eindringlich wie feierliche Worte. Lauschend hob der Pfarrer den Kopf. „Hören Sie, Meister Teske? Wir kommen gerade zum Vorläuten zurecht. Wenn Sie nicht ausgeholfen hätten – ich bin Ihnen wirklich von Herzen dankbar."

Als das Auto in die Straße einbog, in der das Pfarrhaus stand, äugte Teske scharf nach der gegenüberliegenden Häuserreihe. Sein Gesicht hellte sich auf. Tatsächlich, im Konsum war noch Licht. Da mußte noch etwas zu haben sein, eine Schachtel Konfekt oder eine Packung Honigkuchen – irgend etwas. Was, war ja im Grunde gleichgültig.

Abschiednehmend drückte der Pfarrer dem Stellmacher die Hand. „Na, Meister, jetzt geht es wohl auf dem schnellsten Wege nach Hause." „Gleich, Herr Pastor, ich habe bloß noch eine Kleinigkeit zu besorgen."

De Wihnachtshas'

Max Lindow

Dor weer mol ees een Has', de wonte in de schöne, gröne Heid. Wat weer dat för'n schieren un schmucken Has'. Sin Rock weer so blank, glatt un glie un brungries as de Keenbömstämm in de Heid. Wenn he sich uprichten deed, leet em lieksterwelt as 'n Bäcker mit de witt Schört. Sin Schnurrbort weer so no boben upwichst, un de brunen Ogen keken ook gor to krall in de Welt rin. Am schönsten awer seeg de Schwanz ut, de leet richtig as 'n witt Bloom.

De Has' hadd een prächtig Loger unner eenen quoden, krusen Dannenboom. Dor seet he so mollig un so schön in 'n Schuling; em künn keen Wind un keen Weder wat andoon. Um em rüm stünd'n Barken un Böken, Machangeln un Hasselstrük. De Welt weer hier so schön, dat Moß so weck un grön; un dörch de blanken Bläder keek de bloge Himmel un lacht de leewe Sunn; so schön weert süss' narends up Gott's Erd, un uns' Has' freut sich öwer all's, künn sich gor nich satt seh'n un mücht sülbst in 'n Schloop de Ogen nich tomoken.

Wenn de Sunn rood un glöhnlich unnergüng, denn hüppelt he no de grön Wisch un nibbelt in 'n Monschien an saftig Kleewerbläder.

Molees seet de Has' unner sinen leewen Boom un högte sich öwer de Sunnenplacken, de up de Bökenstämm spelten. Dor keem een fien, schön Dam mit twee söte Kinner de Schneis' ruptowannern. Se sett'n sich dicht bi den Hasenboom in dat krus', weck Gras un schnackten un lachten. – „Sieh doch nur, Mutti, diesen feinen Weihnachtsbaum", reep dunn de quod Jung un klatschte in de Händ'n. Un nu güng een Vertell'n an van Wihnachten, Wihnachtsboom, Pepernöt, Puppen, Perd un Wogens, Trummel un Trumpeten. Uns' Has' seet, rickte un röhrte sich nich, horkte bloot ümmerto un künn sich gor nich satthör'n. Ümmer wedder schnackten de Kinner van den Lichterboom, van Stärns un Kedden, Nöt und Äppel un van söt Engels mit Sülwerhoor un Goldflüchten.

As de dree Minschenkinner al lang weg weeren, seet de Has‘ ümmer noch so muckstill un drömte van Lichter un Kedden, van Klockenlüden und hil’gen Kinner-Wihnachts-Gesang. „Ach“, dacht he, „wenn du doch ook ees in dinen Lewen de Lust un Freud unner den brennenden Lichterboom sehen küst.“

De Winter keem, un de Heid was ook schön in Riep un Schnee. Unner den Dannenboom seet de Has‘ un dacht an Minschen un Wihnachten.

As he eenmol wedder an sin Tohus keem, weer de lütt Dannenboom weg. In den Schnee leegen witt Spöner un weeren deep Trappen. Sin warm Loger weer vertrampelt un verpeddelt. – Nu seet he dor in Schnee un Is, un de koll Frost güng em öwer den Puckel. He künn den Schlop nich find’n un weer so möd un bedröwt, bedröwt tum erstenmol in sinen Lewen. – – Nu weer he up eenen Ogenblick indrust. Dor schöt he in ’n Dutt tohop un sprüng in den Schnee. Een Blitz un een Knall! De Has‘ hadd den scharpen Knall nich mehr hört. He leeg stiew un dot dor, un de witte Schnee farwte sich rood …

De Lichter strohlten an ’n Wihnachtsboom. De ganz Stuw weer hell. Lust un Lewen, Freuen un Juchen güng dörch dat ganz Hus. De Kinner künn’n sich nich losrieten van so veel Pracht un Glück. De Jung hadd sin Säbel un Gewehr, sin Perd und Wogen, un dat Mäken hadd de Pupp in ’n Arm und pußt se ümmer drup un to. Endlich künn’n Mudder un Voter den Wihnachtslarm stür’n. De Kinner vergeeten jo in ehr Freud Äten und Drinken.

In de anner Stuw awer weer de Disch deckt, un midden up den Disch stünn de Has‘ ut de Heid, gor nich wiet af van sinen leewen Dannenboom un midden in den Wihnachtsjubel un Wihnachtstrubel as – Wihnachtshas’.

Sankt Niklas und das Telefon

Viktor Blüthgen

Sankt Niklas denkt: Ein Telephon –
wie ist das angenehm!
Auf hundert Meilen hört man schon,
ich mach's dem Volk bequem!
Für meine lieben Kinderlein
in Nord und Süd und West
richt' ich mir solch ein Sprechzeug ein
aufs nächste Weihnachtsfest.

Gedacht, getan! Wer weiß, wie's kam:
das Ding ward schnell bekannt,
das Kindervolk vorm Feste nahm
das Telephon zur Hand.
Klingkling, klingkling – klingkling, klingkling
„Sankt Niklas, bitte sehr!"
„Sankt Niklas hier – wer dort?" – Das ging
ohn' Ende hin und her.

„Drei Puppen, angezogen schon –
Schlittschuh' – ein Würfelspiel –
'ne Eisenbahn – ein Robinson –
Zootiere, aber viel. –
Ein Pferd – ein Pfefferkuchenhaus –
Konfekt mit Zuckerguß! ..."
Drei Tage hält's Sankt Niklas aus,
dann ruft er plötzlich: „Schluß!"

„Zum Geier mit dem Klinglingling –
mir ist der Kopf ganz dumm.
Vier Wochen ständ ich vor dem Ding,
und käme nicht herum.
Die Wünsche kenn' ich auf ein Haar –
ich bringe, was ich mag,
und wenn's just nicht das Rechte war,
so trägt's mir keiner nach."

Christnacht im Schnee

Wilhelm Kotzde

Schneeverhangen träumte der Wald. Der Winter war früh in das Land gekommen und hatte wie in die Hütten der Armen, so auch in die Wälder, die Behausungen der Tiere, viel Not gebracht. Der hartgefrorene Boden gab kein Samenkorn und keine Wurzel mehr heraus. Da nahten die Tiere des Waldes sich den Dörfern und wagten sich doch nicht hinein. Suchend und flehend standen sie auf den kahlen Feldern, aber niemand war da, der ihrer sich erbarmt hätte. Dann begann es grau sich über die ganze Welt zu legen, und es wirbelten die weißen Flocken in lustigem Tanz herab. Doch dem, was lebte auf Erden, schien es nicht lange lustig. Es schneite und schneite; Tag und Nacht und immer wieder einen Tag hindurch kam es vom Himmel herunter, den niemand mehr sah, den kaum einer noch ahnte. Immer höher wuchs die Schneedecke und schien alles Leben ersticken zu wollen. Da gingen die Tiere in den Wald zurück und verbargen sich in das tiefste Gebüsch, damit niemand den letzten Kampf mit dem Tode schauen sollte. Weich und trügerisch deckte der unerbittliche Totengräber die Körper mit weißem Leinentuch, noch ehe der letzte Hauch vertan war.

Die Adventszeit nahte ihrem Ende; man sprach schon allerorten vom Weihnachtsfest. Da hörte es auch auf zu schneien. Dumpf und grau lag es nun auf dem Lande. Kein lauter Ruf der Freude schallte über die Fluren, kaum ein Schrei des Elends ward vernehmbar. Gebrochen war jeder Klang, noch ehe er ertönte, erstickt jeder Strahl, noch ehe er erschimmerte. Und doch waren die Menschen nun froh; die Kinder freuten sich vorahnend der Geheimnisse, die in der Christnacht sich enthüllen sollten; die Alten dachten der eigenen Jugendzeit und freuten sich mit den Kindern. Aus dem Walde ward der Weihnachtsbaum geholt, Nüsse wurden vergoldet, aus buntem Flitter Engel geschnitten und Körbe hergestellt, welche die kleinen rotbäckigen Äpfel tragen sollten. Wenn die Kinder des Abends schliefen, ward es lebendig in Kammern und auf Böden, und die kleinen Schläfer träumten wohl von Spukgeistern und von Kobolden, vom Weihnachtsmann, der auf dem Schimmel in das Dorf reitet, und vom Christkind. –

Still und ruhig war es im Walde. Nur wenn ein leiser Windhauch sich durch die Kronen stahl, oder ein hungerndes Vöglein im Flattern die Zweige berührte, erklangen die Kristallnadeln; doch das Klingen war so heimlich, daß nur ein feines Ohr es hören mochte. So kam der heilige Abend heran. Leise legte sich die Dämmerung über die Erde, noch ehe die Sonne ihren Lauf beendet. Wilde Enten und Gänse zogen hoch in der Luft dahin und ließen ihren klagenden Schrei ertönen. Drunten im Walde aber war es still und einsam. Jeder Schall ward in der weichen Luft gedämpft und erstickt.

Da ging ein Mann durch den Wald. Die schweren Stiefel stapften durch den tiefen Schnee, und das Gehen ward ihm immer mühsamer. In dem wirren Bart hing der Reif, über die Ohren hatte er seine Mütze gezogen. Eine Axt trug er über die Schulter gehängt; so mochte man erkennen, daß er ein Zimmermann war. Ein Bauer hatte ihn heut nach dem Dorf hinter dem Wald rufen lassen, damit er ein Stalldach wieder richtete, das eingebrochen war unter der Last des Schnees. Die Arbeit war bald getan. Als er gehen wollte, hatte ihm die Frau des Bauern ein großes Stück Kuchen in die Tasche gesteckt und gesagt: „Das nehmen Sie Ihrer Lisbeth mit, Strackberg! Das arme Kind wird wohl nicht viel vom Fest haben. Es ist doch zu traurig, wenn die Mutter aus der Familie fortstirbt, und das noch so kurz vor Weihnachten!"

Daß doch die Leute ihn und mehr noch das Kind so bedauerten! Als sie seine Frau in die harte Erde versenkten, war es ihm auch nicht leicht gewesen; aber es war doch gut so! Wenn er einmal im Kruge lustig gewesen, hatte sie ihn immer mit seltsam großen Augen angesehen. Das konnte er nicht vertragen; dann hatte die Wut ihn gepackt. Es tat ihm leid nachher, wenn er sie und die Kinder geschlagen; aber das mochte er dann nicht eingestehen. So waren sie nie zum Frieden gekommen. Die Kinder hatten ganz die Augen der Mutter und sahen ihn auch immer so rätselvoll an. Was konnte er dafür, daß alles so gekommen. Noch immer hatte er fleißig gearbeitet. Warum sollte er nicht im Kruge lustig sein? Daheim sah er doch nur saure Gesichter! Als Marie, die ältere Tochter, größer geworden, wagte sie es, ihm in den Weg zu treten. Die Mutter hatte ihn wieder einmal in Wut gebracht; als er nun schimpfte, nannte die Tochter ihn einen Trunkenbold. Das war ihm doch zu viel; er jagte Marie aus dem Hause. Nun wußte sie nichts vom Tode der Mutter! Was hatte sie gegen ihren Vater sich aufgelehnt!

So ging der Zimmermann Strackberg durch den Wald und stampfte ärgerlich den Schnee von den Füßen. Einmal stand er und hörte auf das Klagen der Gänse hoch droben in der Luft. Es war sonderbar, wie ihm um das Herz wurde. So hatte er die ziehenden Vögel auch einmal gehört, als er das erste Mal die Axt auf der Schulter getragen und mit seinem Vater den Weihnachtsbaum aus der Heide geholt hatte! Aber was sollte das! Heut abend wird er im Kruge seine Freunde treffen, Jochen Liepe, den Lumpenmann, und den Schmiedegesellen. Dann werden sie trinken und wieder einmal lustig sein! Er ist es lange nicht gewesen!

Aber er konnte es nicht los werden, was die Frau des Bauern gesagt hatte; die Worte gingen ihm unablässig im Kopf herum. „Das arme Kind wird wohl nicht viel vom Fest haben!“ Er mochte die Lisbeth nicht leiden. Sie war gerade so still und trübselig wie ihre Mutter; seit diese gestorben, hatte sie noch selten ein Wort zu ihm gesprochen. Sie antwortete ihm kaum auf seine Fragen. Wie er sie deshalb einmal geschlagen, hatte sie gewimmert, daß es ihm durch die Brust schnitt. Er wußte nicht, was er mit dem Kind noch machen sollte. Das kam ihm nicht aus dem Sinn; er wurde heut auch so müde, wie nie sonst.

Rings die braunen, glatten Stämme, an denen der Schnee in weißen Flocken hing, und die dunkeln Kronen darüber, das alles war so gespenstisch; und wenn fern ein Zweig unter der Last des Schnees brach, und das Knacken durch die Heide hallte, klang es so schaurig, daß er jedesmal zusammenfuhr. Was die Menschen nur Weihnachten feierten! Für ihn gab es doch kein Fest! Immer weiter ging er, doch langsamer wurde sein Schritt.

Ob Lisbeth wohl die Lampe angezündet hatte, oder ob sie wieder im Dunkeln saß? Daß er den Gedanken an das Mädchen nicht bannen konnte!

Da drang ein Ton durch die Luft, ein Zittern, ein Klingen, so ernst und feierlich, so jubelnd und frohlockend! Drüben im Dorf läuteten die Glocken die Weihnacht ein. Und der Zimmermann war allein im Wald! Für ihn läutete keine Glocke, für ihn klang kein Jauchzen. Er war ausgestoßen von der Welt! Nur wenige im Dorf sahen ihn jemals freundlich an. Hätte man nur gewußt, wie seine Frau ihm mit ihren großen Augen das Leben vergiftet! Immer voller klang der Ton der Glocken herüber; droben am Himmel hatte nun auch ein Stern den Weg zur Erde gefunden. Der Dunst war gewichen vor seinem Schein.

Immer wieder mußte der Zimmermann nach dem Stern blicken. Ob ihn Lisbeth auch wohl sah? Die Glocken riefen zur Kirche; überall lachten und jubelten nun die Kinder, und er allein im Wald, ausgestoßen von der Welt! Lisbeth saß zu Hause wohl allein und sah mit ihren großen Augen in die Dunkelheit! Da klangen die Glocken auch vom anderen Dorf, die Klänge mischten sich und hallten so feierlich durch den Wald, er wußte nicht, wie seltsam ihm wurde. Er nahm die Axt von der Schulter und sah sich um. Dort war eine Schonung! Er ging hinüber und schlug ein Bäumchen ab. Prüfend hielt er es in der Hand. Was wollte er damit? Seit zehn Jahren hatte er keinen Weihnachtsbaum in seinem Hause geduldet; nun sollte er selbst einen mitnehmen? Er wußte kaum, was er tun wollte. Immer voller klangen die Glocken, der Stern droben am Himmel suchte den Weg zu seiner Seele mit flimmerndem Schein.

Im Dorfe war den Tag über ein aufgeregtes Treiben. Die Frauen holten den Kuchen vom Bäcker. Süßer Duft von Gewürz und Mandeln wehte allerorten. In den Stuben richteten die Männer den Weihnachtsbaum und überließen es dann den Kindern, ihn zu schmücken. Als all der bunte Flitter angebracht war, und auf der Spitze ein Engel schwebte, schlüpften die Kinder in die warmen Kleider und gingen auf die Straße, wo die Dorfjugend sich sammelte. Als sie alle beisammen waren, setzte der Zug sich unter Singen und Schreien in Bewegung. Vor jedem Hause sagten sie die uralten Verse auf und erhielten Honigkuchen, Semmelstollen, Äpfel und Nüsse. Als letzte trat jedesmal Lisbeth Strackberg heran. Ihre großen Augen sahen scheu auf die Leute, von denen gerade sie mit besonders reichen Gaben bedacht wurde. Bald war ihr Korb gefüllt, da mußte sie die Schürze auftun, auch diese konnte in kurzem nichts mehr bergen. Und dabei wußten die Leute alle so mitleidig zu sprechen und ihr dunkles Haar zu streichen. Ihr wurde angst dabei; als die Kinder um eine Ecke bogen, schlich sie davon. Sie ging immer schneller und rannte schließlich, so geschwind sie konnte, in das Haus, wo sonst die Mutter leise und heimlich zu ihr gesprochen.

Nun trat sie in die dunkle Stube und schüttete ihre Herrlichkeiten auf den großen, runden Tisch. Sie setzte sich auf die Bank am Ofen, den die Nachbarin aus Mitleid geheizt hatte. Die alte Katze, welche der Liebling ihrer Mutter gewesen, sprang ihr schnurrend auf den Schoß und drückte sich schmeichelnd an.

So saß sie allein in der zunehmenden Dunkelheit. Nichts war im Zimmer vernehmbar als das Ticken der Uhr und das Schnurren der Katze. Lisbeth dachte daran, wie sonst die Mutter bei ihr gesessen und Märchen erzählt hatte von Frau Holle, welche die guten Kinder lieb hat, und von dem Reiter, der zur Weihnacht auf dem Schimmel durch das Land reitet. Marie, ihre Schwester, hatte dann immer am Fenster gesessen und die Eisblumen von den Scheiben weggehaucht. An all das mußte sie heut denken; niemand war bei ihr, der sie geschützt hätte vor dem Grauen, das so gern bei verlassenen Kindern ist. Ihr Vater war fort; sie sehnte sich auch nicht nach ihm, sie hatte nur Angst vor seinem Kommen.

Da mußte sie weinen; sie schluchzte so recht aus dem tiefsten Herzen herauf. Je mehr sie weinte, desto schwerer würgte es sie. In Angst und Not saß sie in der dunkeln Stube, einsam und verlassen. Niemand war da, der ihr hätte helfen mögen. Und es war doch Heiligabend heute! In allen Stuben flimmerten die Weihnachtskerzen, jubelnd drängten sich die Kinder zu den Gaben, sie lachten und jauchzten. Liebende Eltern küßten ihre roten Wangen, nirgends gab es heut Jammer und Tränen.

Lisbeth allein war ausgeschlossen von der Freude; das Mütterlein ruhte unter der weißen Schneedecke in der harten Erde, die keinen wieder herausgibt. Marie aber war weit, weit fort. Ob sie heut wohl an ihr Schwesterlein dachte? Das kleine Mädchen hob den Kopf und wischte sich die Tränen aus den Augen. Es spann den Gedanken weiter, was die Schwester wohl tat. Ob sie an das tote Mütterlein dachte, von dem sie doch nicht wußte, daß es tot war, und an ihr Lieschen, dem sie immer so gern eine Freude gemacht?

Da huben die Glocken an zu klingen. Es wurde heimlich still draußen in der Welt und drinnen im Stüblein. Der Zauber der Weihnacht hub an zu weben, er wob einen Schleier um die arme, gequälte Menschheit, daß sie nichts mehr wußte von all ihrer Not. Ruhig ward es auch im Herzen der kleinen Lisbeth; sie horchte in den Abend, der erfüllt war von dem Klingen der Glocken. Die Leute gingen zur Kirche; schwankend huschten die Lichter auf der Straße dahin und erleuchteten den Schnee mit rotem Schein. Das Kind war ans Fenster getreten; es mußte an ein Lied denken, das die Mutter im vorigen Jahr es gelehrt:

Nun singen die Englein, ein Klingen zur Nacht
Ist heimlich um Häuser und Hütten erwacht.
Die Glocken läuten, es leuchtet ein Stern
Und schimmert und flimmert in seliger Fern';

Und alle die Englein, sie haben gebracht
Das Christkind den Kindern zur heiligen Nacht.

Ihre Lippen bewegten sich, aber sie sprach nicht. Nun wurde es wieder einsam auf der Straße. In der Kirche flammten viele Lichter auf, dann begann die Orgel zu spielen. Die alttraute Melodie „Stille Nacht, heilige Nacht“ drang an Lisbeths Ohren. Sie mußte wieder weinen; das Grauen kam über sie, die entsetzliche Angst vor der dunkeln Stube, in der kein Mensch war, ihr ein liebes Wort zu sagen.

Draußen aber war ein Ort, an dem sie Hilfe finden mochte. Ihr Mütterlein schlief dort an der Kirche. Der heilige Gesang drang wohl in ihr dunkles Grab. Lisbeth nahm ein Tuch, legte es sich über die Schulter und ging hinaus. Die Nachbarin hatte gehört, wie die Tür knarrte; sie rief dem Kinde nach, wohin es wolle. Dieses aber lief, so schnell es konnte, und antwortete nicht. Da ging die Frau in die Stube zurück, wo ihre Kinder sich der Weihnacht freuten.

Die verlassene Waise aber stand am Grab der Mutter. Sie schluchzte so heftig, als hätte sie die Tote rufen mögen, daß sie komme, ihr Kind an das warme Mutterherz zu nehmen. Doch sie erhielt keine Antwort. Still und reglos lag der Hügel unter dem Schnee, stumm blieb es drunten in der Tiefe. In der Kirche brauste die Orgel und jauchzte der Gesang der Gemeinde: „Christ, der Rettet, ist da!“ Das Kind fuhr zusammen, als der Klang der Orgel verhallte. Auch hier war keine Hilfe! Stumm war die Welt für sie, die Welt, die doch soviel Freude den anderen heut wußte.

Da ging Lisbeth langsam vom Kirchhof. Als sie durch das Tor trat, schlug sie nicht den Heimweg ein. Sie wandte sich zum Dorf hinaus, dorthin, wo der Weg durch weite, schneebedeckte Felder führte. Hier war Marie gegangen, als der Vater sie aus dem Hause gejagt hatte. Marie! Das war nun ihr Gedanke in der Not und Angst. Sie wird Schutz haben für das Schwesterlein, bei ihr wird die Freude sein, das Grauen wird weichen, wenn sie, wie einst, ihr Lieschen mit den Armen umfängt und es küßt, wie einst.

Die Hoffnung stärkte sie, daß sie schneller ging. Ihre Füße wurden kalt, da begann sie zu laufen. Doch das konnte sie nicht lange. Frierend trippelte sie dahin. Eine Krähe schrie aus einem Baum. Sie erschrak heftig. Aber nur weiter! Dort schon war das nächste Dorf. Dann noch einmal so weit, so mußte sie in die Stadt kommen, in der die Schwester war! Sie wird noch soviel Kraft haben – wenn auch die Füße bald müde waren! Sie kam in das nächste Dorf. Ein Mann fragte sie, wohin sie so spät noch wolle. „Zu meiner Schwester!" sagte sie und ging weiter, ohne sich umzusehen. Der Mann schüttelte den Kopf und ging seinem Hause zu.

Lisbeth kam nun in einen Wald, dort war es so dunkel fast, wie daheim in der Stube. Nur der Schnee leuchtete und wies ihr den Weg. Sie ward immer müder, aber sie mußte doch weiter! Wie wird Marie sich freuen, wenn sie kommt! Einmal schaute sie empor; da sah sie droben am Himmel einen Stern funkeln. So freundlich blickte er auf sie herab, daß sie neuen Mut faßte.

Aber die Füße wurden ihr doch matt. Sie fror; immer langsamer kam sie vorwärts. Die Bäume knarrten, es klang in den Kronen, klagend wehte es durch die Luft. Ihr war, als habe sie ein leises Weinen gehört. Sie begann zu zittern und konnte nicht mehr weiter. Da war am Wege ein Stumpf, daneben reckte der Ginster seine dürren Äste über den Weg. Sie setzte sich und hüllte ihr Tuch über den Kopf, daß sie nur den einsamen Stern droben sah. Ob es wohl die Mutter war, die so freundlich auf sie blickte? Da ward ihr so wohl, so freudig. Sie fühlte die Kälte nicht mehr. Sie sank zurück unter den Ginster, der seine Zweige über sie legte.

Leis singen die Englein, ein Klingen dazu
Wiegt heimlich und selig das Kindlein zur Ruh'.
Ob Nächte dunkeln, es leuchtet der Stern, –
Dich hütet in Liebe das Auge des Herrn.

Die Engelein singen und halten dir Wacht,
Nun hüllt dich in Fittich die heilige Nacht.

Strackberg trat aus dem Walde. Trotz der Dunkelheit ging sein Blick weit über die Felder. Der Schnee erleuchtete die Flur, von der sich Sträucher und die hohen Pappeln an den Wegen düster abhoben. Vor ihm lag das Dorf, eine dunkle Masse, aus der hier und dort ein Lichtlein glühte. Die Glocken waren verstummt; nun war es wieder ruhig auf der Welt, lautlos lag die dunstige Luft auf seiner Brust. Allein war er draußen auf der öden Flur, allein am heiligen Christabend, verlassen von den Menschen. Weshalb er nur so fremd war in der Welt? Warum mußte er gerade ohne Liebe sein, ohne Liebe von denen, die ihm am nächsten standen? Fast hätte er den Christbaum aus der Hand geworfen; was schleppte er sich nur mit ihm? Lisbeth wird ihn doch nur mit ihren großen Augen ansehen und stumm vor ihm stehen. Dann wird ihm wieder sein, als blicke seine Frau aus dem dunkeln Winkel am Ofen auf ihn; er fürchtete sich davor. Doch droben am Himmel stand noch immer einsam der Stern und funkelte mit verlorenem Schimmer einsam in seine Seele. So müde war er schon; doch er schleppte sich weiter und ließ den Christbaum nicht aus der Hand.

Wie hatte er als Kind doch auf den heiligen Abend sich gefreut! Weshalb war es nur in seinem Hause nicht auch so gewesen! Lag das an ihm? Er war doch gewiß ein Mensch, der die Freude liebte! Oder trug er doch eine Schuld an dem unseligen Zwist, der das Glück der Familie vergiftet? Er kam mit seinen Gedanken zu keinem Ende.

Nun war er dem Dorf so nahe, daß er den Klang der Orgel vernahm. Er sah auch, wie in den Häusern die Weihnachtskerzen brannten. Ein geheimes Weben ging durch die Luft; niemand vernahm es, und doch war es da; heimlich legte es seinen Schleier um die Herzen der Menschen, Friede und Segen zog ein, wo immer eine Seele unter dem Schritt des Schicksals stöhnte. Das war die geweihte Nacht, die ihre Fittiche legt um alles Leben!

Dem Zimmermann ward weich um das Herz. Er dachte nicht mehr an den Krug. Es ging ihm durch den Sinn, wie Lisbeth doch so allein war, heut, wo alle Kinder sich freuten, wie sie im dunkeln Zimmer saß und sich wohl fürchtete. Was ist ein Kind, dem die Mutter gestorben! Nun verbrauste der Ton der Orgel, die Glocken huben wieder an zu läuten. So machtvoll hallte der Klang durch den Abend und pochte dröhnend an die Seele. Da war kein Halten mehr und kein Hindern. Strackberg kam an dem ersten Hause des Dorfes vorüber. Froher Kindersang schallte heraus: „O du fröhliche, o du selige, gnadenbringende Weihnachtszeit!“ Drüben tönten die Hörner und wirbelten die Trommeln, dazwischen dröhnten vom Turm herab die Glocken. Ein vielfältiges Jauchzen, ein einiger Klang füllte das ganze Dorf.

Da stürzte der Zimmermann vorwärts. Wie ein Meer von Flammen schlug es in seine Seele. Er dachte nicht mehr an das, was gewesen. Das Kind im Dunkeln, allein, ohne Liebe! Das war sein einziger Gedanke. Er kam an sein Haus und riß die Tür auf. Den Christbaum trug er in der einen Hand, mit der andern suchte er den Weg über den Flur. Nun fand er die Stubentür und öffnete sie. „Lisbeth! Mein Kind!“ rief er. Alles blieb stumm, nur die Katze sprang von der Ofenbank. „Lisbeth!“ rief er noch einmal. Er erhielt keine Antwort. Er suchte Streichhölzer und zündete die Lampe an. Die Hände zitterten ihm dabei. Nun blickte er sich nach allen Seiten um, die Stube war leer. Er leuchtete nach der Kammer; auch dort war das Kind nicht. „Lisbeth, so antworte doch! Sieh, ich bring‘ dir einen Christbaum; Lichter wollen wir daran stecken und sie dann anzünden, mit Äpfeln und Nüssen will ich ihn dir schmücken. – So komm doch hervor, mein Kind! Ich will dir gut sein. Freuen sollst du dich, wie du noch nie dich gefreut hast! – Wo bist du doch, Lisbeth, du kannst doch nicht fort sein!“ Immer angstvoller redete der Vater; doch sein Kind fand er nirgends. Er fühlte, wie das Blut ihm aus dem Hirn wich.

Strackberg ging zur Nachbarin, um nach seinem Kind zu fragen. Es wurde ihm gesagt, daß es vor langem schon zum Kirchhof gegangen sei. Er zündete die Laterne an und ging hinüber. Am Grabe seiner Frau sah er die Spuren von Kinderfüßen. Lisbeth aber war nicht dort. Fast wäre er über das Grab gesunken, doch er mußte die Tochter finden! Auf der Straße traf er ein Kind, das sagte ihm auf seine Frage, sie sei zum Dorf hinausgegangen. Angstvoll lief er den Weg hinunter, der ihm gewiesen. Er verfolgte ihn weiter und weiter und konnte das Kind doch nicht finden.

Er stand still und löschte das Licht in der Laterne. Er sann, was er nun tun solle. So warm war ihm das Herz geworden, als die Weihnachtsklänge um ihn hallten; nun stand er allein auf der öden Flur und wußte nicht, wo sein Kind geblieben. Dann ging er weiter, dem nächsten Dorfe zu. Lisbeth war ein sonderbares Mädchen. Wer mochte wissen, wohin sie gegangen?

Im Nachbardorfe traf er einen Mann, den er nach dem Kinde fragte. Ein Mädchen sei den Weg zur Heide hinausgegangen, erhielt er zur Antwort. Das mußte Lisbeth sein! Er beeilte seinen Schritt. Das Kind mußte er finden! In der kalten Nacht ging es in sein Verderben! Allein in der Heide! Ihm wurde so angst, er hätte weinen mögen um sein Kind. Doch weiter, immer weiter! Nicht matt durfte sein Fuß werden, nicht müde sein Auge.

Es erhob sich ein rauher Wind, der den Dunst zerriß, daß die Sterne nun klar herniederschienen. Das Wehen klagte durch die dunkeln Nadelkronen, die Zweige ächzten schauerlich. Ob sie gespenstisch ihm in das Gesicht griffen, er achtete es nicht. Nur weiter, immer weiter! Das Kind! Es durfte ihm nicht verloren gehen!

So schritt er wohl eine halbe Stunde weit. Es wurde immer heller auf dem Wege, so daß er weit voraus schauen konnte. Ging dort nicht ein schwarzer Schatten dahin? Das mußte Lisbeth sein! Er rief, so laut er konnte. Alles blieb stumm. Starr lag die Heide im Frost und hatte kein Erbarmen mit seiner Angst. Er ging weiter und sah, daß es ein Baum war, der ihn betrogen.

Immer wieder glaubte er das Kind zu sehen, und stets erkannte er, daß er sich getäuscht. Schatten gaukelten ihm vor den Augen, er mochte fast nichts mehr sehen. Wenn das Kind nun doch vom Wege abgegangen war? Wenn es in der trostlosen Heide sich verirrt hatte, dann niedersank und erfror! O, es geschah ihm schon recht! Wie hatte er gesündigt an dem Kind, an seiner Familie! „Gott, wenn du noch lebst im Himmel, wie der Pfarrer sagt, so gib mir mein Kind zurück!“ stöhnte er laut.

Er blieb wieder stehen, um den Weg zu überschauen. Dort reckte ein Ginster seine Zweige über den Weg, darunter lag es dunkel und ungewiß. Er begann zu laufen. Nun war er dort. Ein Tuch hatte sich in den Zweigen verhäkelt; er riß es fort. Das war sein Kind! Da lag es und schlummerte. Oder ob es erfroren war? „Lisbeth!“ rief er und warf sich über sie. Er ergriff ihre Hand. Sie war eiskalt. Er horchte auf den Herzschlag. Es war noch Leben im Körper. Da zog er das Kind auf seine Kniee und rieb das kalte Gesicht mit Schnee. Er drückte die Tochter an sich und suchte sie zu erwärmen. Immer wieder rief er ihren Namen.

Dann wieder verstummte er und blickte sie in angstvoller Erwartung an. Da schlug sie die Augen auf. Noch erkannte sie ihn nicht. In unsagbarem Glück küßte er sie auf den Mund. „Vater!“ flüsterte sie leise, so leise, als käme ihre Stimme aus einer fernen, fernen Welt.

„Ja, dein Vater ist da, mein Kind! Nun will ich recht dein Vater sein. Die Mutter ist dir gestorben, die Christnacht hat dir den Vater gegeben. Nun komm nach Haus! Ich hab dir einen Weihnachtsbaum gebracht, den wollen wir schmücken; dann sollen die Engel dir singen.“

„Vater, wo ist Marie?“ fragte das Kind.

„Laß nur, die hol‘ ich auch heim! Dann wollen wir froh sein beisammen, und die Mutter wird auf uns niederschauen.“

Er nahm das Kind auf den Arm. So schwer es ihm auch war, freudigen Mutes trug er es heim. Nun hatte die Weihnacht auch ihm beschert. Er war nicht mehr allein in der

Welt. Nun konnte er Liebe spenden. So reich fühlte er sich, wie niemals noch in seinem Leben. Das Kind drückte sich fest an seine Brust und legte den Kopf an des Vaters Wange. So gingen sie heim. Droben aber funkelten die Sterne, die Kronen der Bäume flüsterten heimlich, doch niemand vernahm, was sie sprachen.

Nun singen die Englein im jubelnden Chor,
Ein Klingen und Jauchzen steigt selig empor;
Das Christkind ist kommen zur heiligen Nacht,
Hat Freude und Frieden den Menschen gebracht.
Und droben am Himmel glüht Stern nun an Stern
Und leuchtet und leuchtet in schimmernder Fern'.

Der gestohlene Himmel

Erika Mahlow

Daß es in Deutschland geschah, ist ganz gewiß. Ebenso sicher ist es, daß es sich dort zutrug, wo in unserer schönen Heimat von alters her die Tannen mächtig in die Höhe wachsen. Mehr aber kann ich Euch nicht vermelden und weder Stadt noch Dorf nennen, weder Fluß noch See, die etwa in der Nähe sich befanden. Über die Zeit gar weiß ich auch nichts anderes, als daß es tiefer, bitterkalter Winter war ... lange, lange vor dieser Zeit, die wir die heutige heißen. Und so neugierig wie die Menschen von heute sind, waren sie damals auch nicht. Damals genügte es ihnen noch, wenn ein fahrender Gesell, ein wandernder frommer Bruder, oder auch eine uralte Großmutter an den langen, dunklen Winterabenden Märchen erzählten und von Vergangenem sagten und sangen ... es war einmal! Damit müßt Ihr nun auch heute zufrieden sein ... anders kann ich es nicht beginnen ...

Es war einmal ... eine Hütte am Rande eines großen Waldes, wind- und wetterzerzaust, wie man wohl sehen konnte. Doch es gab sich keiner rechte Mühe danach hinzusehen. Nur spärlich kräuselte sich von Zeit zu Zeit ein dünner Rauch vom niedrigen Dache in den Winterhimmel. Draußenherum blieb an diesem Tage alles wie verlassen. Höchstens mal ein Reh oder ein schnuppernder Hase huschten vorüber ... vorbei. Von weit, weit her aber hallten gedämpft fleißige Axtschläge herüber. Manchmal drangen sie durch die Wände der Hütte oder die Ritzen der winzigen Fenster ins Innere hinein. Dann konnte die Frau sie hören, die da geduldig auf dem Lager lag und auf ihre Stunde wartete. Den ganzen Tag blieb dies der einzige Gruß ihres Gefährten, mußte ihr Trost und Nahrung sein. Es waren eben arme Leute, wie es sie immer gab und immer geben wird.

Damals wie heute aber hatten die Armen es schwer zu

verstehen, warum gerade sie arm sein mußten. Warum denn ihrer Arme und Fäuste Kraft nie ausreichte, um sie aus dem Elend herauszuziehen. Immer und zu allen Zeiten haderten sie mit dem Schicksal. Der liebe Gott hat es mit den Armen schwer, und sie wollen und wollen nicht begreifen, daß er es trotzdem gut mit ihnen meint. Vom Beten, das denken sie damals wie heute, werden wir nicht satt und warm. Vom Hassen aber werden sie es manchmal ... so warm, daß sie daran verbrennen. Von ihren Sehnsüchten aber, die sie eigentlich niemals haben dürften, werden sie immer wieder in Schuld verstrickt ... damals wie heute.

Der weite, herrliche Tannenwald, in welchem der Mann aus der Hütte alle Wintertage mit dem Fällen der Bäume zu tun hatte, gehörte einem mächtigen Herrn. Seinen Namen weiß heute niemand mehr, so lang ist es schon her. An jenem bitterkalten Tage aber kam der Herr durch den Wald, um zu sehen, was sein Arbeiter geschafft hatte. Er mußte aber wohl die Galle im Blut haben, und das Gift machte ihm zu schaffen. So war er auch zu dem Mann mit der Axt voller Gift. Er höhnte ihn und spottete der Kraft seiner jungen Arme.

Schnee lag auf den Tannen, und wenn der Mann die Axt in den Stamm schlug, dann schrie der Baum. Die Kälte klirrte. Oft sprang die Axt ab und dem Mann aus der frosterstarrten Hand. Keine Freude, dies zu sehen, wenn man der Herr ist. „Schlag doch fester", befahl der Herr, und das gallige Gift stieg ihm zu Kopfe. „Schlag, du Tölpel, sonst schlage ich dich!"

Nun, nun ... die lange Gerte geschwungen vom Pferd herab und dem unten mitten über das von Anstrengung verzerrte Gesicht gezogen, nein, das war kein Heldenstück. Herr sein, das ist nun mal das Schwerste, was es auf der Welt gibt, damals wie heute. Aber das glaubt ja keiner bis in alle Ewigkeit.

Als der Herr dann drohend und scheltend wieder von dannen geritten war, blieb der Mann allein. Da überkam den Armen eine große Gleichgültigkeit gegen alles. Nur noch die Sehnsucht nach der lieben, zärtlichen Hand seines Weibes war in ihm. Taumelnd vor Schmerzen, die wie aus seinem tiefsten Innern zu kommen schienen, machte er sich auf den Weg, seiner elenden Hütte zu. Als er sie erreicht hatte, war es Nacht. Die tiefen Schneewolken über dem Walde waren fortgezogen. Der Himmel war sternenklar und schön, wie auch heute noch in so mancher Winternacht. Ja, und da wurde sich der Mann grausam dessen bewußt, wie herrlich es am weiten Himmel über ihm funkelte und glänzte und wie trostlos dunkel seine Hütte vor ihm stand. Ein seltsamer Gedanke erwachte in ihm. Wie im Traum ging er noch einmal zurück in den Wald. Suchend ging sein Blick über die kleineren Tannen hin, die hier heranwuchsen und wie alles seines Herren Eigentum waren. Weiß und leuchtend im Schneekleid grüßten sie ihn. Beinahe meinte er, daß sie ihm etwas zu sagen hätten, als wäre über ihnen ein leises Klingen. Alte Leute, er hatte es oft gehört, glaubten, daß in den hohen Nächten die Sterne sängen.

Da schlug der Mann mit festen Schlägen eine rund herum gut gewachsene halbwüchsige Silbertanne von der Wurzel, hielt sie im Fallen schon auf und trug sie behutsam, wie einen Schatz in die Hütte hinein.

„Bist du endlich heim, Mann? Es ist mir kalt. Ich habe Schmerzen und die Dunkelheit macht mir Angst."

Der Mann sagte nach seiner Gewohnheit nicht so viel und werkte im halben Finstern. Beruhigt schon von seiner Gegenwart schloß das junge Weib ein wenig die Augen und dachte an ihr Kind, das sie nun bald haben würde.

Vielleicht war sie eingeschlafen? Sie träumte so schön. Welch ein Leuchten im Stübchen war! Das Herdfeuer warf einen goldroten Schein auf ein Tännlein, das mitten herinnen aufrechtstand. Ganz oben aber, an des Bäumchens Spitze brannte eines der sorgsam gehüteten Wachslichter und strahlte zu der Frau herüber wie ein Stern, der hoch am Himmel steht. Der Mann sah den Widerschein dieses Leuchtens in den Augen seines jungen Weibes.

„Ich habe ihn gestohlen … für dich! Einmal wollen wir auch den Himmel bei uns haben, der wohl über unserer Hütte steht, der sie aber niemals hell macht."

Der Himmel? Ach, er wußte gar nicht was er sprach, der Mann.

Auch die Frau begriff nicht, was da geschah und warum dies eine kleine Licht vom grünen Baum herab so wunderbar zu leuchten wußte, als wäre es ein rechter Stern. Vielleicht war es der Stern der Liebe!

Ich kann Euch nicht mehr sagen, was sonst noch geschah; denn es ist lange, lange her. Der Himmel aber ist in unserem Vaterland seit jener Zeit bis in die dunkelsten Hütten gekommen. Die immer grüne Tanne trägt Jahr für Jahr den Stern der Liebe, das Licht, das warm macht und gut, und sei es auch nur für eine Nacht.

Wihnachtsobend

Erna Taege-Röhnisch

Wenn ener noch so wiet in de Welt rümkoom is un hett't to wat brocht un leevt sien' ruhigen Dag, – wennt denn to Wihnachten geit, denn denkt he an tohuus. Un wenn he gor buten is un wett nich recht, wo he henhüert, – to Wihnachten, dor treckt em dät as met iserne Ketten dorhen, wo eintlich van Rechts wegen sien Flach is.

Den ganzen Dag över hett't schniet. Nu krömelt dät man noch sun bäten, un denn werd de Himmel ganz kloor, de Mond kömmt hinner de Bööm rut as ne grote runne Fackel un de Schnee blinkert. To hoch liggt he nich, äver he hett'n goden Unnerbodden; un wenn ener met Höltschoh de Stroot langgeit, denn köön se dät Gnurschen un Krischen no de Hüser rinhüern. Is äver hüüt keen groot Wankens up de Stroot. Is jo heiligen Obend, dor is'n jeder tohuus.

Int Dörp pusten se een Licht no't änner ut. De Kinner hebben sich mööd freut, un de Groten sind noch enns in ere Kinnertied torüggwannert, dät is'n widen Gang, dor werd ener ok mööd bi. De äver allein sind up'n Wihnachtsobend, de söken en warm Flach, wiel eer dät Hert friert. Dor kömmt de Schloop un deckt eer sien' groten, warmen Mantel över, un de Droom böögt sich no eer run un kickt se met leve un vertrute Ogen an.

Nu is al binoh dät ganze Dörp duster. Bloß int Huus vöran, dicht an'n Busch, dor sitten se noch up un hörken un töben – un unnen an'n Möllgang is ok noch Licht, dor goon de Gedanken wiet torügg – un upt drüdde Flach, int Kösterhuus, dor goon se vörut.

Un disse dree Lichter lüchten hell un kloor, an jeder Enn vant Dörp eent un eent in de Midden, – grood, as wenn se enen den Weg wisen willen.

Övert Feld geit sun rechten schniden Wind, un de Keenbusch böögt sich un rüürt de Tacken, dät dät as'n groten, deepen Oden geit. Un över Dörp un Feld un Busch steit de Sternstroot met eren hogen Lichterbogen.

In den Köster sien' Gordentuun is'n Schlopp. In'n Sommer krupen em dor de Höner dörch, de rachen em de ganze rode Besing ut. He timmeriert jo woll un pöölt dät to; äver dät wett keen Mensch, de Rackers koom doch wedder dörch. Un dor em de Gemein üm dät Schlopp keen neien Tunn moken will, is dät so bleben. Jitzt in'n Winter hett't jo ok nich veel up sich. Denn so lang as noch keen Schnee legen hett, hebben de Hoos allerwegent wat funnen. Un hüüt to Wihnachten hett Mudder Kruuksch, de em allens möckt, de letzte poor Spier Gröönkohl rinholt, nu köön se'n nich mier affreten. Bi de Puurt sind eer'n poor Bläder runglippt, as se dät Hecken tokettelt hett. Äver de woorn al'n beten geelig; dor bedücht eer, wat sall se sich dornoh bücken, för'n enzelten Menschen werdt woll to ne Mooltied henhauen.

Dörch dät Schlopp kickt 'n dicken grisen Kopp dörch. He schnüffelt hen un her, bibbert met den langen Boort un leggt de Uurn an. Wutsch – dörch is he. Sun beten Wull is jo in den Tuun behacken bleben, äver an sun Winterhoos sien Tüüg, dor is jo de Wull nich an spoort worden. Hipp – hipp, dor sitt he bi de Kohlstrüng. Äver Mudder Kruuksch hett se bet up dät harte Holt noom. Dor kriggt he de Bläder an de Puurt in de Nääs un kömmt so ok to sien beten Wihnachten.

Vör den Köster bruukt he sich nich to bangen, de sitt in de Stuuv un speelt up dät olle Klavier Wihnachtslieder. Noher hoolt he sich de angeretene Flasch hinnert Spinn rut un sett't sich an den Disch, met't Krüüz no den warmen Oben ran, un schrifft'n langen Breef an sine Bruut:

„Am meisten habe ich mich über Dein Bild gefreut. Wenn ich nicht morgen in der Kirche die Orgel spielen müßte, dann wäre ich doch gekommen, trotz der großen Entfernung. Aber so kann ich nur recht herzlich an Dich denken. Im nächsten Jahre wird es ja anders sein.

Mutter Kruuk sorgt gut für mich. Sie hat mir einen Christkohl gekocht, so etwas Gutes habe ich mein Lebtag nicht gegessen. Aber sie sagt, das macht der erste Frost ...“

Dät bedücht den Hoos in den Gorden ok. He gnäbbelt un gnäbbelt, he dreegt un wennt den Strunk un lött nich ier no, bet keen Fussel Gröönt mier an is. Met eenmool gefft dät'n Knall – he steit piel hoch, un denn äver dörch dät Schlopp, dät de Wull man so flüggt. Bi den Knall wor jo keen Füer, dät wor man de Frost in'n Tuun; äver he hett wat scheten hüert, un wo se scheten, dor steit he nich! Dät kann he nich verdrogen, dor nemmt he dät hoge Land! Wupp – wupp – wupp geit dät övert Feld, dor is keen Helphollen, den Kopp scheef no hinnen un utgenägt.

Bautz, dor löppt he gegen, dät he man so trüdelt. He denkt ierst, is'n Boom, dor süüt he zwee Mannsbenen in grote Stebeln. He äver tüschen dörch un denn krüüz un quer Hoken geschloon, met enen Satz rin in de Kusseln un run unnern Struuk. Hach, wo em dät Herz schleit! Na jo, wenn ener ok up Doot un Leben lopen mütt!

De Keerl steit noch up dätselbige Flach un grient. Dät em nu grood toierst'n Hoos tüschen de Benen dörchlöppt, dät hett em jo nich grood dröömt. He wull jo man'n beten to Oden koom no den widen Weg van'n Bahnhoff; sine dree Stunnen hett he woll goot tobrocht dörch den depen Schnee un över Wörteln un Wogenleusen. Dor mütt ener sich hüüt al goot bi befinnen!

He treckt sich wedder de spitze Kapp övern Kopp un treckt de Schnurr üm den grisen Kittel 'n beten an. Denn nemmt he die Kiep up'n Puckel, de an'n Boom steit, un stappst wider in den Schnee; met de ene Hand stütt't he sich up'n ollen groten, rungebroken Tacken un met de änner höllt he sich den Kittel vöörn hoch, dät he sich nich up trett. Is jo nu nich mier wiet. Hinner de Bööm werdt al hell, dor is dät Feld. Nu hett he ok al Footspoor un Schleddspoor vör sich, de Holthauer sind woll to Obend hier van'n Schlag koom.

Dät Hecken vört Dörp steit wiet up. Hell schient dät Licht dörch de verhungene Fenstern vant ierste Huus. He klinkt sachte de Gordendööör up un geit no't Fenster ran. An de ene Siet is de Vörhang nich to, dor kann he dörch de Ritz kiken. De Wihnachtsboom steit up'n Hückert, äver de Lichter sind al ut. Se sitten all üm den Disch unner de Petroljumslamp, de Kinner hebben dät neie Spöll, un Vader un Mudder reden tosamm. Se sitten grood ant Fenster. He höllt den Oden an. „Ik weet ok nich", seggt de Mann un stütt't sich de Hand in'n Kopp, „he künn sich doch enns mellen! Äver solang as Vader nu doot is, kennt he ok sien' egen Broder nich mier!" De Fru strokelt em över de Hand un seggt: „He werd sich schoons mellen! Ik segg mi ümmer, wenn dät nich koom wier, dät sich dunn Marie Schmetts den ollen versopen Schoster noom harr, na, denn wier he woll hüüt noch hier. Un sowat, dät will ierst sine Tied hebben, dät ener dät överkömmt." „Se hett jo ok ere Deel", seggt de Mann, „wenn sich de Keerl nich dunerwies den Doot hoolt harr dunn bi de Küll över Nacht in den Groben, kannst glöben, de harr al metsamst den Ollen un ere beide Göörn van Huus un Hoff goon künnt; dät harr de Keerl all al anbrocht!"

Se foorn tosamm, buten hett ener ant Fenster kloppt. De Kinner juchen: „De Wihnachtsmann, de Wihnachtsmann!" De Quoder krüppt unner Muddern ere Schört, de Groter steckt nägenklook de Nääs ut de Döör, äver wo rasch is he wedder rin un hinnern Oben hen! De Hund blafft un günselt un hett sich an de Kett, un dor de Mann grood rutkiken will, kömmt al ener den Fluur langgetrampst un steit in de Döör: Groot un'n beten vörnöver, de witte Boort hangt em lang över den grisen Kittel run, un vörn Kopp hett he depe Falten. Äver de Ogen – so groot un kloor un blau ...

He nickköppt eer to un sett't sich up de Obenbank. De Jung ritt ut un rönnt bi sien' Vader hen, de Quoder kickt nau unner de Schört rut un fängt an to wenen.

„Ik doh ju nüscht", brümmelt de Wihnachtsmann deep unner sien' groten Boort rut, „ji köön doch woll singen un beden?" De Groter nickköppt. Dor geit Vader stillschwigens no'n Kacheloben un höllt'n Keenspoon up de Gloot, un as de Füer fungen hett, steckt he de Lichter an'n Wihnachtsboom met an. Mudder fängt sachten an to singen, dor singen se met, un denn seggen se ok eren Spruch up. De

Wihnachtsmann kickt sich den Boom an un eer all no de Reeg, un denn dreegt he sich rüm un wischt; de Ogen tronen em woll van de Küll buten odder van dät Licht.

Met eenmool böögt he sich no de Kiep run un hoolt'n quoden Soltbüdel rut, den schüddt he in de Stuuv hen, dät Nööt un Äppel un Peperkoken man so trüdeln. Dät gefft'n Krischen un Juchen, un dor se sich noher no em ümkiken, is he över alle Berg. Vader will em noch no, dor kömmt em ne Nööt unnern Tüffel, un as he dunn ut de Döör kickt, is nüscht mier to sehn. „Willem", röppt he, „Willem ..." Äver kener mellt sich. Bloß de Hund günselt un ritt an de Kett, as wenn de Schoken riten sööln.

„Fru", kömmt de Mann rin, „Fru, hest nich sehn, de Ogen un de Grött un allens ..."; dor süüt he, dät se de Ogen vull Woter hett, un eit eer met de Hand över de Hoor: „Jo jo, hest jo ümmer seggt ..."

De Änner steit hinner de Huuseck. Denn schliekt he sich övern Hoff un strokelt den Hund un geit hinnen ut dät Gordenhecken rut. Övert Feld kömmt he no'n Möllgang un van dor wedder rin int Dörp. As he vör dät letzte Huus steit, süüt he kenen Lichtschien mier vant Fenster över den Schnee. Äver doch, de Luken sind bloß to; dörch den Lukenstern kömmt noch'n hellen Schien. He stellt sich up de Tegen un kickt dörch. An'n Disch sitt ne junge Fru in schwart Tüüg un kickt vör sich nedder. An'n Oben hückelt'n ollen gebreklichen Mann in'n Stohl. „Marie, du müßt di nu befoten", seggt he. „Dät is nu mool nich änners! Wenn du dunn no mi hüert hast, denn wier dät all änners koom! Äver du wußt'n jo hebben! Süss hast noch'n ganzen ännern krigen künnt ..."

„Dät is nu verbi", seggt se kort un steit up. „Koomt, Kinner, is Beddgoonstied!"

Dät quode Mäken busst ere Pupp in de höltern Weeg. „Se will noch nich schlopen", seggt se un lacht ere Muddern an, „noch'n klein bäten, jo, Mudder?" Der kömmt de Jung met sien höltern Peerd to riden un lööpt gegen de Buss, dät de Pupp rutflüggt un sich ant Dischbeen den Kopp kort und klein schleit. De Quode schriggt, de Ollscher draut em met den eiken Krückstock: „Töv mi man, ik seggt den Wihnachtsmann!“ De Jung stellt sich breet vör em hen un lacht em wat ut: „Wihnachtsmann? Dor lachen jo de Krägen över! Wihnachtsmann, – ha – sind ja all man Utkleders!“ Un as sine Mudder no em langt, dor stött he met'n Foot no eer un will ut de Döör rut.

Dor he äver rut will, kömmt ener rin, de hett em to hollen, ier he sich dorför süüt. De Rood danzt up sinen Puckel, dät he nich wett, wo't herkömmt. Dor helpt em keen Schloon un keen Stöten, denn disser is em över; he mütt sine Gefohr utstoon, wenn he ok schriggt as sun Täänbreker. De met den grisen Kittel höllt nich ier an, bet he sien Stangeln un Riten un Stöten nolött. Aver ut de Gefohr is he noch nich rut; denn nu sall he beden. Beden is ganz schön, äver wovan denn, wenn ener nüscht liert hett? He druukst un druukst un will nich recht, äver de olle Rood ist so neeg!

„Bringe, lieber Weihnachtsmann ...“ stammert he, „bringe – bringe – bringe – “ Dor kömmt he äver nich met dörch. „Beden sasst du“, seggt de Wihnachtsmann. He wett sien Lief kenen Root nich mier, nu koom ok goor al de Tronen. Dor föllt em wat in. He folgt de Hännen: „Komm – komm, Herr Jesu, sei unser Gast und segne, was du uns bescheret hast“, dät kömmt so een Wuurt övert änner rut, as wenn de Nudeln ut'n Sack trüdeln. Den Wihnachtsmann is't 'n beten as tum Grinen, he kickt ierst van de Siet, denn bedücht em: „Na, is jo doch al'n beten wat! Krigen kannst jo dor noch nüscht up, äver änner Joor wärst jo woll liern, süss sasst mool sehn ... !“ He böört de Rood, de hett sich met'n Tacken an den Büdel hökelt un dor trüdeln noch'n poor Nööt un Peperkoken rut, de sich in de Ecken verkropen hebben. Dor is de Bang vör de Rood furt, un as se allens uplest hebben, is de Wihnachtsmann nich mier dor.

„Vader“, seegt de Fru un hett ganze grote Ogen, „wer woor denn dät?“ De Ollscher hojoopt: „Wer wett, wer sich den Spooß mockt hett! Werd woll weten, dät den dor“, he wiest up den Jung, „ne Dracht nödig doon hett.“ Denn langt he no sinen Stock, de hinnern Stohl hangt: „Helpt mi man no de Kommer rin, is al lang Tied!“

Dät duert nich lang, dunn geit ok dät Licht in den Lukenstern ut. Äver de Fru liggt in ere Bedd in de Hinnenstuuv un kann lang kenen Schloop finnen. Se kann dörch de böberste Fensterschiben sehn, dät de Himmel ganz kloor is un vull luter Stern steit, de blinkern van de Küll, as wenn se eer plinken willen.

Dät Huus vöörn an'n Busch is al lang duster. In't Kösterhuus is de Lamp utgoon. De Köster is an'n Disch inschlopen, he fustelt met de Hänn un brümmelt vör sich hen. Em dröömt, sine junge Fru will ümmer in den Schnee rut un seggt, se mütt den Gröönkohl rinholen, de verfriert eer süss. Äver he seggt to eer, sun beten Frost, dät schodt em nich, dor kriggt he ierst den richtigen herrlichen Geschmack no.

Dät Dörp liggt unnern Schnee as unnern groten, weken Dook. No'n Busch rin geit ne Mannsspoor. De Hoos, de met opene Ogen unnern Struuk schlöppt, bibbert met'n Boort. He hett sien Doons met enen, de em met Siebenmielenstebeln gripen will; äver de is veel to unbehulpen, met sine Hoken kömmt he nich met.

De Wind kömmt övert Feld, de Bööm bögen sich un rüürn de Tacken, dät dät as'n groten, depen Oden geit, sacht un luut un wedder sacht, un över Dörp un Feld un Busch steit de Sternstroot met eren hogen Lichterbogen.

Der heilige Abend vor Weihnachten

Friedrich Wilhelm August Schmidt von Werneuchen

Das Schneedach fegt des Sturmes Saus,
Die Ofenflammen zittern.
Die Kinder bleiben gern zu Haus
Und denken nicht an Schlittern;
Denn sieh, der Abend graut,
Und Ruprecht kömmt und baut
Für jedes bald ein Tischchen auf
Und legt gar schöne Sachen drauf.

Im Nebenzimmer kramt er schon
Den Quersack aus und tuschelt.
Und horch, wie sacht er itzt davon
Entlang die Wände ruschelt!
Nun hebt der Jubel an,
Die Tür wird aufgetan:
Sieh da die Tischchen, weiß gedeckt,
Voll Kerzen, grün- und rotgefleckt.

Hinein stürmt Bub und Mägdlein flugs,
Zu sehn, was ihm beschieden:
Vor allem prangt von grünem Buchs
Ein Wäldchen Pyramiden
Mit goldnen Nüssen dran;
Hier nickt ein Sägemann,
Dort grünt ein Busch mit Lämmern drin,
Bewacht von Hund und Schäferin.

Nußknacker stehn mit dickem Kopf
Bei Jud' und Schornsteinfeger.
Hier hängt ein Schrank mit Kell' und Topf,
Dort hetzt den Hirsch der Jäger.

Hier ruft ein Kuckuck, horch!
Und dort spaziert ein Storch.
Mit Äpfeln prangt der Taxusbaum
Und blinkt von Gold– und Silberschaum.

Zu Pferde paradiert von Blei
Ein Regiment Soldaten,
Ein Sansfaçon sitzt frank und frei
Gekrümmt und münzt Dukaten.
Und alles schmaust und knarrt;
Trompet' und Fiedel schnarrt.
Fern stehn die Alten, still erfreut,
Und denken an die alte Zeit.

Nun Mutter! Ob dem lieben Brauch
Sei recht vergnügt und keife
Heut Abend nicht, du Vater auch,
Und bräch auch deine Pfeife
In hundert Stücken heut,
Da alles jauchzt und schreit.
Und, weil so hell der Wachsstock brennt,
Voll Freuden durcheinander rennt.

So geht's bis in die späte Nacht,
Und selbst das Kleinste hätte
Sie ohne Schlummer gern durchwacht;
Doch Mutter ruft: Zu Bette!
Und jedes macht zur Ruh
Nur halb die Augen zu,
Und wünscht: O wär es Morgen doch!
Und sieht im Traum die Lichter noch.

Der Weihnachtschoral

Aus dem Leben Friedrichs des Großen

Gerhard Till

Wie ein Lauffeuer ging es durchs märkische Dörfchen, wie ein Lauffeuer von Mund zu Mund, von Haus zu Haus – „Der König kommt, der König kommt!“ – Was wollte nur der König und grad zu Weihnachten? – Der Schultheiß verlor fast den Kopf. Nein, das kam zu überraschend. – Heute Heiligabend, morgen Weihnachten, morgen, morgen schon. – Wie sollte da das Dorf geschmückt werden? – „Frau, der König kommt, der König, – mir wird ganz schlecht.“ – „So plötzlich, – das kann doch nichts Gutes bedeuten.“ Und die Aufregung pflanzte sich fort von einem zum andern. – Nur eine verlor den Kopf nicht, das war Franziska, die Zofe des Pfarrers Radusch. Auf der Straße vor des Schultheißen Haus hatte sie die Kunde aufgelesen, – und nun eilte sie mit der Neuigkeit heim.

Hochwürden sank erschreckt auf einen Stuhl. – „Was, der König kommt? – und morgen schon?“ – Franziska stemmte die Hände in die Hüften: „Nur nicht so aufgeregt, Hochwürden, hier ist doch alles in Ordnung. Und es ist doch nur der König von Preußen.“ – „Nur, nur, – ich glaube –.“ Die letzten Worte blieben ihm im Halse stecken. Erregt suchte er sein Studierzimmer auf. – Franziska schaute ihm verdutzt nach. „Ich kann’s nicht begreifen, daß alle so aufgeregt sind. Hier ist alles in Ordnung.“ Sie pfiff und dudelte vergnügt einen Militärmarsch vor sich hin und öffnete das Fenster. Ein frischer Luftzug strömte ihr entgegen. Durch den Garten nahte eben des Pfarrers Tochter und ihr Bräutigam, der Hilfsprediger. Wie sie die beiden so einherkommen sah, die beiden, die sich schon längst gern geheiratet hätten, wenn nur das Hilfspredigergehalt reichen würde, schoß ihr plötzlich ein Gedanke durch den Kopf. Sinnend legte sie den Zeigefinger an den Mund: „Halt, alles ist doch nicht in Ordnung. Hier kann der König etwas tun, wenn er will. Aber wie soll ich's ihm beibringen? – Nun, er wird doch sicherlich hier vorbeikommen, und da werde ich's ihm sagen. Wartet, ihr sollt endlich ein Paar werden." –

Und der König kam, kam noch am selben Abend. Doch das Dorf prangte im Tannengrün, und war auch alles Hals über Kopf gegangen. Der König lächelte, eine stille Freude war in ihm.

Als er am Abend nach einem kurzen Besuch das Pfarrhaus verließ – er kannte ja den alten Radusch ganz gut, es war ja derselbe, der einst auf dem Schlachtfelde von Leuthen den Choral „Nun danket alle Gott" angestimmt hatte – und bei flackerndem Fackelschein durch den Garten schritt, begegnete ihm Franziska. Mit tiefem Knicks begrüßte sie den Mann in der blauen Uniform, den langen Reitstiefeln und dem verfilzten Dreispitz, den sie – nun, den sie für des Königs Kammerdiener hielt. – „Gut, daß ich noch einen von unserem hohen Besuch treffe." – Der König starrte sie fast ungläubig an, doch dann huschte ein verschmitztes Lächeln um seinen Mund. – „Na, was hat Sie denn auf dem Herzen?" – Des ‚Königs Kammerdiener' hatte seine Not, die ganze Vorrede zu fassen. – „Wahrlich, seid ein wackres Weib, könntet mit Eurem Mundwerk ein ganzes Bataillon Österreicher in die Flucht schlagen. – Doch macht nicht so viel unnötige Worte, habe nicht viel Zeit zu verlieren." – „Na, Ihr könnt Eurem König noch früh genug die Stiefel ausziehen" – und dabei stieß sie ihm schäkernd den Ellenbogen in die Seite. „Ja, was ich sagen wollte, – ach Gott, wie hübsch Ihr ausseht, – ja, aber Ihr könnt eurem König mal sagen, daß er unseren Hochwürden pensionieren und unseren Hilfshochwürden, nein unseren Hilfsprediger, in sein Amt einsetzen soll." „Warum denn das?" – „Er möchte doch gerne die Tochter von unserem Hochwürden heiraten – und – der König gibt ja unserem Hilfsprediger so ein lumpiges Geld, daß er, – – daß er eben nicht heiraten kann." – „Hm, werd's besorgen." – „Aber, daß ihr's ein bißchen geschickt anfangt, nicht so –." – Der König hatte schon die Gartentür hinter sich geschlossen und war um die Ecke verschwunden. – Er begab sich in des Schultheißen Haus, wo er zur Nacht Quartier nehmen wollte. –

Am Weihnachtsmorgen erschien der König zum Gottesdienst. Der Pfarrer suchte in seinem Kopf alles zusammen, was sich mit 70 Jahren drin verlaufen hatte, um eine gemessene Predigt zu halten. Und als er geendet, da klang es aus dem vollen Werk der Orgel, klang es aus allen Kehlen wie ein Frühlingssturm, der die Weihnachtsbotschaft herniederträgt –

„Nun danket alle Gott!" –

„Nun danket alle Gott", der König zuckt merklich zusammen – ist das ein Weihnachtschoral? –

„Mit Herzen, Mund und Händen", – durch seine Gedanken irrt eine alte Zeit, vor seinen Augen ersteht das Schlachtfeld von Leuthen. –

„Der große Dinge tut an uns und allen Enden" – der König steht auf und hält zitternd den Dreispitz in der Hand und heftet den Blick stumm zur Erde. –

„Der uns von Mutterleib und Kindesbeinen an unzählig viel zu gut und noch jetzund getan." In seinen Augen blitzt eine Träne, wie die Freude nach einem Sieg. –

Die Kirche ist leer. Noch immer steht der König in seinem Stuhl. Kein Wort will über seine Lippen. Ein Großer verschließt seinen Mund, der Große, der da oben die Geschicke der Menschen lenkt. Sein Geist ist überall, neu geboren mit der Erinnerung an große Taten, – Weihnachten. –

Der König geht. In ihm pocht etwas. Überall singt es, – die ehernen Glocken, die Herzen, die Erinnerung – „Nun danket alle Gott!" –

Ermattet sitzt der Pfarrer in seinem Lehnstuhl. Die heutige Predigt, die Predigt vor dem König hat ihn angestrengt. Geschäftig umeilen ihn die anderen, sie rüsten die Mittagstafel. – Sie sitzen zusammen und haben eben das Tischgebet gesprochen, – da tritt der König ein.

Still schaut er sich im Zimmer um. – Dann legt er den Arm dem Pfarrer auf die Schulter. „Wer gab's Euch ein, daß Ihr heute das Lied singen ließet?" – Verlegen suchte der

Alte nach einer Antwort. Leise summt der König die Melodie vor sich hin. „Da draußen auf dem Schlachtfelde von Leuthen locktet Ihr mir eine Träne aus den Augen. Und der Gott von Leuthen lebt immer noch, das habt Ihr mich heute fühlen lassen. Er wird auch Preußen und seinen König nicht verlassen. Laßt Euch von Eurem König in die Arme schließen!" – Dem alten Pfarrer rinnen die Tränen in den weißen Bart. Die Umstehenden schauen still zur Erde. Das war der König von Preußen? –

Der Alte ist auf seinen Stuhl gesunken. Der König blickt von einem zum andern und mustert die Gestalten. Dann wendet er sich an den Pfarrer. – „Habt Ihr einen Wunsch, den ich Euch erfüllen soll?" – „Majestät, Ihr habt mich überreich gesegnet." – „Ihr habt eine Tochter?" – „Majestät, aber – –." „Und sie hat einen Hilfsprediger?" – „Majestät, aber was soll ich – –." „Und sie wollen sich heiraten?" – „Majestät, Majestät, wie ist das laut geworden?" – Der König blickt verschmitzt die Franziska an, die fast nicht mehr weiß, wie sie ihre Augen vor dem König verbergen soll. – „Die dort hat's des Königs Kammerdiener gesagt, er soll's dem König zuflüstern." –

Einen Augenblick blickt der König zur Erde, dann tritt ein milder Glanz in seine grauen Augen, der Glanz einer stillen Freude, die im Geben selig ist. Dann faßt er den Alten bei der Hand: „Er ist von heute mit vollem Gehalt pensioniert." – Und wie er zum jungen Paar tritt und zitternd deren Hände ineinanderlegt, da rinnt ihm eine Träne über die Wange, und es ist, als spiegle sich in ihr das unerfüllte Glück eines seligen Jugendtraumes. –

Da läuten draußen die Weihnachtsglocken den Mittag ein. Und da hebt der König die Augen himmelwärts, als wenn dort etwas wäre, was hinwegtrösten könnte über die freudlose Einsamkeit des Lebens, was mild seinen Weg erleuchtete, den Weg zur Überwindung der Welt. Und siegfroh glänzten seine Blicke, und wie aus einem Munde klingt es noch einmal auf – „Nun danket alle Gott!"

Der Berliner Weihnachts–Markt

(Dezember 1806, als französische Übermacht sich der Residenz bemächtigt hatte.)

Wilhelm Bornemann

Dät kloge Höhner so to seng'n,
Mit unner ok Windeyer leng'n,
Dät merk he Meister Schult sick doch,
De goode Lehre fehlt äm noch.

Weet he noch wat he to my sprak,
As ick mit den Dree-Schäpel-Sack
Vull Hasselnäth kamm angekarrt,
Un he my ankeek wy vernarrt?

As wenn't by my nich richtig weer,
So kamm't heruter ungefähr,
Wenn ick so dächt dät in Berlin
En blanker Wyhnachts-Marcht soll syn!

Ick heb my nich an äm gekehrt,
Un bin in Gottes Noam kutscheert:
Wer syn fief Sinn bysammen hölt,
Fritt alle Doog sick dörch de Welt.

Et soll'n, so dacht ick, in Berlin
Gewitzte Lüde Schockwies syn,
De sülwst in allerly Gefoahr'n
Keen Tippel hem von Kopp verloar'n.

Weer ok *mankher* so wat passeert,
Dät hät sick alles rekolgeert;
Drüm werd, so woahr ick ehrlich bin,
En Wynachtsmarcht noah Noten syn.

Stief mütten wy de Ohren holl'n,
Et is genog woll an uns Oll'n,
Wenn wy vör Sorg un Not un Groam,
To kene frohe Stunn jizt koam'.

Ach nä! de leewe Kinner söll'n
Wat uns verstört, nich mit entgell'n,
Dät mag in Schöppenstädt so syn,
Se syn vernünft'ger in Berlin.

Is denn von't hillge Wyhnachtsfest
Nich dät de Grund un Ursprung west,
Dät unse Heiland to uns kamm,
Un allet Unheil von uns namm?

Dät he gelehrt: wy söll'n up Gott
Vertru'n in alle Drangsoals Noth?
Dät oahn syn Willen in de Welt
Keen Hoar sick krümmt, keen Sperling fällt?

Dät Gottes Arm de Welt regeert,
Dät Schlimmste sülwst to'm Besten föhrt!
An düssen Trost will'n wy uns Oll'n,
Recht fest to'r Wyhnachtsfyer holl'n.

De Kinner mägen frisch drup in
Trumpeten, knarr'n un lustig syn,
Ei mag Kopp un, Kopp öber goahn,
So hät jo *Paulus* ok gedoahn.

Un könn' wy't öber uns ertwing'n,
En Stünnken mit herüm to spring'n,
To lachen moal, – im Gottes Noam!
Et werd gewiß uns good bekoam.

Un sönnen echt verstänngen Sinn
Fund ick Herr Schult ok in Berlin.
De Wynachtsmarcht steit boar un blank
De ganze breede Stroat entlang.

De lange Brügg, was myne Stät,
Un mynen Sack vull Hasselnäth
Heb ick, noch flinker as verhofft,
In knapp Twee Doagen weg verkoft.

En schöner Geld, versteit he my,
Myn Fründ, heb ick verdeent doaby;
De Minsch mütt leben von Gewinnst,
Keen Hohn krazt in den Meß ümsünst.

Dät letzte Schock verkoft ick just
As Dag un Nacht sick schieden mußt;
Hüm – dacht ick drup in mynen Sinn,
Wist mit de Kinner kindlich syn.

So gung ick lungernd up un doal
Den Wynachtsmarcht woll twintig Moal;
Doa ligt ok keene Noadelbüß,
De nich von my beögelt is.

An ene Bood trat ick heran,
Doa huckte up den Disch en Mann,
Dem sönne Oart Dokoaten Ding
Maneerlich ut den Blanken hing.

„Hier! kööp he!“ reep sön ollet Fell:
Dät kann ick woll, sprach ick, Mamsell!
Män, dät ick't doch besehn erst mütt,
Denn ick bin nich Hans Tapp in d'Grütt.

Ick weet, wenn Minschen in de Welt
Ok sitten bet to'm Hals in't Geld,
Krigt doch en armer Erdenkloß
Noch nich en roden Heller los.

Un richtig is't hier so gewest,
Denn *de Dokoaten satt ganz fest;*
Doa heb ick still my umgekehrt,
Ehr my dät Wief hät angeföhrt.

Nu gung ick dörch de Neumannsgoat,
So kamm ick in de Bröderstroat;
Hier heel'n de Kutschen hoagldick,
Ick tellte över fäftein Stück.

En Huus, gewaltig lümmeleert,
Doa syn se Klumpwies rin spatzeert:
Pots Schlag! wat mütten, feel my in,
Vör Bücke doa to melken syn!

Twee Gröschen Beergeld gaf ick dran,
Rin was ick as en Eddelmann;
De Lüd' syn ehrlich unerhört,
Se hem dät Beergeld my quiteert.

Herr Schulte, dät gelt ganz to wiet,
Wat ener doa vör Wunner süht!
Doa in de Stub', so woahr as Gott!
Hem sick de Bull'n herüm gestott.

Söß Bull'n, un fäftein Mann to Peer,
Toschuer, wy de Sand an Meer,
Trumpeten, Pauken ok derto,
Dät wimmelt in dät Lok män so.

Denk he nich dät ick äm belög
Un äm den Hals vull Faxen schwög,
Wo in de Dönz' de Platz denn woll
Vör sön Spectoackel herkoam soll?

Dät loat he syne Sorg' nich syn,
Se helpen sick schon in Berlin:
De ganze Trödel was üm't Geld,
Män pur mit Puppen vörgestellt.

As jeder endlich sick denn ganz
Har satt sehn an den Bullendanz,
Gung't wädder in de Kutschen rin,
Un fick fack leep ick hinner drin.

In d' sülwge Stroat, to'r linken Hand,
Heel'n de Karreten noch moal Stand,
De Huusdär hät my fast verdutzt,
So herrlich was se upgeputzt.

Wat heb ick sehn! – Vör Früd un Schmerz
Kloppt my noch jitzt myn Brannborgsch Herz!
Schwerin – fällt up de Kriegesboahn,
Schwerin – in Arm de Siegesfoahn!

En Herr, hochvornehm, sprack my an:
„Wat is äm Voader Buersmann?
He süht jo so bekümmert ut –
Äm dring'n de helle Tränen rut?"

Ick sprack, un schloog äm in de Hand:
„*So fällt en Held vör't Voaderland!*
Loat he de Tränen sick män dräng'n,
Wat ick hier föhl – lett sick nich seng'n.

Myn Herz von Schwoarmot to befryn,
Mit frohen Lüden froh to syn,
Gung ick wat bäter Hinnen hen,
Wo Olt und Jung rüm jacherten.

Hier fund ick Sachen, goar to roar!
Doch wiel my bitchen hellig woar
So keek ick män vör erst üm her,
Wo so wat antofrischen weer.

En Appel, rot as wy en Kreewt,
Hät den Aptyt noch mehr beleewt,
Ick frog: wat sall de Appel gell'n?
„Twölf Gröschen!" Blitz dät heet ick prell'n!

So dacht ick still, un toalte denn
Dät schöne Geld gedullig hen.
Vörnehme Lüd *beschnüffeln* man,
Wat *Unser ener* doch nich kann.

As ick den Appel woll vertär'n
Denk ick, de Schlag mütt my gliek röhr'n!
Wat dät vör Schelmery hier was,
De ganze Appel – *woar von Waß.*

En vullet Schock heb ick wo oft
Noch nich acht Gröschen hoch verkoft:
So, leider Gott's! is't in de Welt,
De Woahrheit darwt – de Schien hät Geld!

De Kutschen rumpelten. Geschwinn
ick hinnerlos dörch Dick un Dünn.
Spandauer Stroat henin links af
Gung't erst in Schritt un denn in Draf.

Hier woar 'ne *Luftfoahrt* vörgestellt,
Wat deit en Minsch nich all vör't Geld!
Dät wörr ick just to lezt anfang'n,
My an, un in de Luft to hang'n.

Ok sach de Luftpatron my just
Nich ut, as har he groote Lust
En Flüüschken Moanschien run to hoal'n,
Of gliek sön Quark sick wörr betoal'n.

Ick glöw, dät he de Minschen tell't,
Un denkt: *so väl – so weinig Geld.*
De Meisten klemm'n dörch goode Frünn
Sick up den Koaterstieg hennin.

Un unner äm, doa lag un stund
Dät Volk ümher so kunterbunt,
As wenn de Sündflootskasten weer
Koppüm kabolzt in Krütz un Queer.

As ick nu myner Wege ging,
Denn endlich kreeg ick satt dät Ding,
Heb ick my noch en orndlich Beest
Von *Näthknacker,* vör't Geld gelöst.

Den Dikkopp heb ick erst belacht,
Un denn in mynen Sinn gedacht:
„Mücht jeder doch syn Amt verstoahn
So good wy du, myn Herzens Soahn!“

„Un doch, wat helpt dy alle Möh!
Knackst du drup los ok späd' un fröh,
Män *Schoalen* blieben vör dy ling'n,
Den Kären – werd dyn Herr verschling'n.“

Herr Schulte! weet he wat ick sprack
As ick dät Ding in Bussen stack?
„Myn Bröderken bist du – kumm mit
Ick knack de Näth – de Amtmann *fritt.*“

Besuch des Weihnachtsmarktes

Wilhelm Raabe

Weihnachten! – Welch ein prächtiges Wort! – Immer höher türmt sich der Schnee in den Straßen; immer länger werden die Eiszapfen an den Dachtraufen; immer schwerer tauen am Morgen die gefrorenen Fensterscheiben auf! Ach, in vielen armen Wohnungen tun sie es gar nicht mehr.

Hinter den meisten Fenstern lugen erwartungsvolle Kindergesichter hervor; da und dort liegt auf der weißen Decke des Pflasters ein verlorener Tannenzweig. Es wird viel Goldschaum verkauft, und bedeckte Platten von Eisenblech, die vorbeigetragen werden, verbreiten einen wundervollen Duft.

„Was ist ein echter Hamburger Seelöwe?“ fragt Strobel, der bei mir eintrat und beim Abnehmen des Hutes ein Miniaturschneegestöber hervorbrachte.

„Ein Hamburger Seelöwe?“ fragte ich verwundert. „Doch nicht etwa ein Mitglied des Rats der Oberalten?“

„Beinahe!“ lachte der Zeichner. „Ein Hamburger Seelöwe ist eine Hasenpfote, auf welche oben ein menschenähnliches Gesicht geleimt ist. Ein solches Individuum versteht an einem Tischrande gar anmutige Bewegungen zu machen. Sehen Sie hier!“

Dabei zog er den Gegenstand unseres Gesprächs hervor, hing ihn an meinen Schreibtisch und brachte ihn durch eine Art Pendel in Bewegung.

„Ist das nicht eine wundervolle Erfindung?“

„Prächtig“, sagte ich, „in meiner Jugendzeit brachte man aber denselben Effekt durch den abgenagten Brustknochen eines Gänsebratens, in welchen man eine Gabel steckte, hervor; aber Kultur muß ja fortschreiten.“

„Ja, die Kultur schreitet fort!“ seufzte der Zeichner. „Sogar die einfachen Tannen machen allmählich diesen Pyramiden von bunten Papierschnitzeln Platz. Papier, Papier überall. Aber was ich sagen wollte: Wäre es nicht eigentlich die Pflicht zweier Mitarbeiter der ‚Welken Blätter', jetzt auf die Weihnachtswanderung zu gehen?" „Auch ich wollte Sie eben dazu auffordern", sagte ich.

Wir gingen. Den Hamburger Seelöwen ließen wir ruhig am Tische fortbaumeln, nachdem ihm Strobel noch einen letzten Stoß gegeben hatte. Zur Weihnachtszeit habe ich gern ein solches Spielzeug in der Nähe; erfreute sich doch auch der alt und grau gewordene Jean Paul zu solcher Zeit gern an dem Farbenduft einer hölzernen Kindertrompete.

Welch ein Gang war das, den ich mit dem tollen Karikaturenzeichner in der Dämmerung des Abends machte! In wieviel Keller- und andere Fenster mußte der Mensch gucken; in wieviele kleine frostgerötete Hände, die sich an den Ecken und aus den Torwegen uns entgegenstreckten, ließ er seine Viergroschenstücke gleiten! Welch ein Gang war das! Die Geister, die den alten Scrooge des Meisters Boz über die Weihnachtswelt führten, hätten mich nicht besser leiten können als Herr Ulrich Strobel. Jetzt betrachteten wir die phantastische Ausstellung eines Ladens, jetzt die staunenden, verlangenden Gesichter davor; jetzt entdeckte Strobel eine neue Idee in der Anfertigung eines Spielzeugs, jetzt ich; es war wundervoll!

An der Ecke des Weihnachtsmarktes blieben wir stehen, in das fröhliche Gewimmel, welches sich dort umhertrieb, hineinblickend. In ununterbrochenem Zuge strömte des Volk an uns vorbei: Väter, auf jedem Arm und an jedem Rockschoß ein Kind; Handwerksgesellen mit dem Schatz, den sie aus der Küche der ‚Gnädigen' weggestohlen hatten; ehrliche, unbeschreiblich gutmütig und dumm lächelnde Infanteristen, feine, schmucke Gardeschützen, schwere Dragoner und ‚klobige' Artillerie.

Hier und da wanden sich junge Mädchen zierlich durch das Getümmel; jedes Alter, jeder Stand war vertreten, ja sogar die vornehmste Welt überschritt einmal ihre närrischen Grenzen und zeigte ihren Kindern die Freude des Volkes.

Der Zeichner war auf einmal sehr ernst geworden. „Sehen Sie", sagte er, „da strömt die Quelle, aus welcher die Kinderwelt ihr erstes Christentum schöpft. Nicht dadurch, daß man ihnen von Gott und so weiter Unverständliches vorräsonniert, sie Bibel- und Gesangbuchverse auswendig lernen läßt; nicht dadurch, daß man sie – womöglich in den Windeln – in die Kirche schleppt, legt man den Keim der wunderbaren Religion in ihre Herzen. An das Gewühl vor den Buden, an den grünen, funkelnden Tannenbaum knüpft das junge Gemüt seine ersten, wahren – und was mehr sagen will, wahrhaft kindlichen Begriffe davon!"

Ich wollte eben darauf etwas erwidern, als plötzlich eine Gestalt, in einen dunklen Mantel gehüllt, ein Kind auf dem Arme tragend, an uns vorbeischlüpfen wollte.

Ein Strahl der nächsten Gaslaterne fiel auf ihr Gesicht, es war die kleine Tänzerin aus der Sperlingsgasse. Ich freute mich über die Begegnung und rief sie an:

„Das ist prächtig, Fräulein Rosalie, daß wir Sie treffen. Vielleicht werden Sie uns erlauben, daß wir Sie begleiten; denn um die Mysterien eines Weihnachtsmarktes zu durchdringen, ist es jedenfalls nötig, ein Kind bei sich zu haben."

Die Tänzerin knickste und sagte: „Oh, Sie sind zu gütig, meine Herren; Alfred hat mir den ganzen Tag keine Ruhe gelassen, und da kein Theater ist, so mußte ich ihm doch die Herrlichkeit zeigen."

„Ja, Mann" – sagte Alfred, unter einer dicken Pudelmütze gar verwegen hervorschauend – „mitgehen!"

Ich stellte der Tänzerin den Nachbar Zeichner vor, und das vierblättrige Kleeblatt war bald in der Stimmung, die ein Weihnachtsmarkt erfordert. Was für ein Talent, Kinder vor Entzücken außer sich zu bringen, entwickelte jetzt der Karikaturenzeichner. Er hatte der Mutter den dicken Bengel sogleich abgenommen, ließ ihn nun gar nicht aus dem Aufkreischen herauskommen und schleppte ihn hoch auf der Schulter durch das Gewühl voran. „Oh, ich bin Ihnen so dankbar, so dankbar, Herr Wacholder", flüsterte die kleine Tänzerin, zu deren Beschützer ich mich sehr gravitätisch aufwarf.

„Liebes Kind", sagte ich „ein paar solcher Junggesellen wie ich und mein Freund würden solche Abende wie diesen sehr übel zubringen, wenn nicht dann ausdrücklich eine Vorsehung über sie wachte. Sie sollen einmal sehen, wie prächtig wir heute abend noch Weihnachten feiern werden; – hören Sie nur, wie Alfred jubelt; sehen Sie, wie stolz und glücklich er unter der Pickelhaube vorguckt, die ihm eben Herr Strobel übergestülpt hat!"

Der Karikaturenzeichner hätte sich in diesem Augenblick sehr gut selbst abkonterfeien können – er tat es auch, aber später. Wundervoll sah er aus. Im Knopfloche baumelte ein gewaltiger Hampelmann, in der rechten Hand hatte er eine große Knarre, die er energisch schwenkte; während auf seinem linken Arm Alfred mit aller Macht auf eine Trommel paukte.

„Kleine Dame", sagte der Zeichner jetzt zu unserer Begleiterin, „stecken Sie mir doch einmal jene Tüte in die Rocktasche, ich komme nicht dazu! Heda, alter Wacholder", schrie er dann gleich mich an, „gleiche ich nicht aufs Haar einer Kammerverhandlung? Rechts Geknarre, links Getrommel, und für das Fassen und Einsacken der begehrten Süßigkeiten weder Kraft noch Platz!"

„Mama, der Onkel aber mal rechter Onkel!" rief der Kleine entzückt von seiner Höhe herab, als Rosalie der Aufforderung Strobels nachkam, und ich ebenfalls die Tasche mit allerlei füllte. So ging es weiter, bis uns endlich die Kälte zu heftig wurde. Der Zeichner löste sich auf – wie er's nannte – und überlieferte mir die spielzeugbehangene Linke, behielt jedoch die Knarre in der Rechten, und nun ging's durch die menschen- und lichterfüllten Straßen nach Hause. Wie glänzte heute abend die alte dunkle Sperlingsgasse! Von den Kellern bis zum sechsten Stock, bis in die kleinste Dachstube war die Weihnachtszeit eingekehrt; freilich nicht allenthalben auf gleich „fröhliche, selige, gnadenbringende" Weise.

Welch einen Abend feierten wir nun! Wir ließen unsere kleine Begleiterin natürlich nicht zu ihrem kalt gewordenen Stübchen hinaufsteigen. War ich nicht schon auf der Universität meines famosen Punschmachens wegen berühmt gewesen? (Eine Kunst, die mir mein Vater mit auf den Lebensweg gegeben hatte.) Der Karikaturenzeichner holte einen Tannenzweig, den er auf der Straße gefunden hatte, hervor und hielt ihn ins Licht.

„Das ist der wahre Weihnachtsduft“, sagte er, „und in Ermangelung eines besseren muß man sich zu helfen wissen!“

Horch! Was trappelt da draußen auf einmal auf der Treppe? Ein leises Kichern erschallt aus dem Vorsaal und scheint noch eine Treppe höher steigen zu wollen. „Zu mir?“ sagt Rosalie und springt verwundert nach der Tür.

„Ach, da ist sie!“ schallt es draußen, und auch ich stecke meinen Kopf heraus.

„Guten Abend, alter Herr! Guten Abend, Rosalie! Guten Abend, Röschen!“ erschallt ein Chor heller lustiger Stimmen.

„Wo ist Alfred, wir bringen ihm einen Weihnachtsbaum!“

„Hurra, das ist’s, was wir eben brauchen!“ schreit der Zeichner, seine Knarre schwingend. „Schönen, guten Abend, meine Damen, und fröhliche Weihnachten!“

Aus dunklen Mänteln und Schals und Pelzkragen entwickelt sich ein halbes Dutzend kleiner Theaterfeen, die alle jubelnd und lachend meine Stube füllen, und – auf einmal alle ein verschiedenes Musikinstrument hervorholen, welches sie auf dem Weihnachtsmarkt erstanden haben. Ein Heidenlärm bricht los; das knarrt und quiekt und plärrt und klappert, daß die Wände widerhallen und Rosalie, welche beschwörend von einer der kleinen Ratten zur anderen läuft, zuletzt die Ohren zuhaltend in dem fernsten Winkel sich verkriecht.

Endlich legt sich der Skandal mit dem ausgehenden Atem und der ausgehenden Kraft des Karikaturenzeichners, der vor Wonne über das Pandämonium kaum noch seine Knarre schwingen kann.

Welch ein Punsch war das! Welche Gesundheiten wurden ausgebracht! Welche Geschichten wurden erzählt! Vom Souffleur Flüstervogel bis zum Ballettmeister Spolpato, ja bis zu seiner Exzellenz dem Herrn Intendanten hinauf.

Heute abend malte Strobel keine Karikaturen, aber sich selbst machte er oft genug zu einer. Beim Versuch, sich auf einer mit dem Halse auf der Erde stehenden Flasche sitzend zu drehen, beim Zuckerreiben, beim Versuch, den glimmenden Docht eines ausgeputzten Wachslichtes wieder anzublasen und bei anderen Kunststücken.

Alfred, der durch Unterlegung von Pufendorfs und Bayles schweinslederner Gelehrsamkeit und durch Auftürmung verschiedener dickbändiger Erziehungstheorien dazu gebracht war, neben seiner kleinen Mutter sitzend, über den Tisch blicken zu können, jubelte mit, bis ihm die Augen zufielen, und er auf meinem Sofa ein- und weiterschlief bis elf Uhr, wo das Fest endete, die kleinen Gäste wieder in ihre Mäntel krochen, mich für einen „gottvollen alten Herrn“ erklärten, Röschen küßten und nach einem vielstimmigen „gute Nacht“ die Treppe hinuntertrippelten. Darauf trug Strobel den schlafenden Alfred eine Treppe höher (wozu ich leuchtete) und – auch dieser Weihnachtsabend der Sperlingsgasse war vorbei.

Weihnachten im kaiserlichen Palais

Johannes Keßler

Hier im Neuen Palais wurde nun auch das Weihnachtsfest gefeiert. Die Seele des deutschen Christfestes ist die Mutter. So war denn auch die Kaiserin als Mutter der weitverzweigten Familie und als Landesmutter so vieler Vereine und Liebeswerke in der vorweihnachtlichen Zeit stark beansprucht. Mochten ihr auch die Hofdamen und Kammerherren hilfreich zur Seite stehen, ich habe doch stets bewundert, wie ganz persönlich die Kaiserin alle diese Liebespflichten erfüllte, wie sie die großen und kleinen Wünsche erlauschte und mit welch spürbarem Interesse sie den verschiedenen Weihnachtsfeiern in Anstalten und Vereinen beiwohnte, vor allem, mit welch mütterlicher Herzlichkeit sie dem großen Hauspersonal bescherte.

Besonders traulich und stimmungsvoll waren die letzten vorweihnachtlichen Abende, an denen die Majestäten eigenhändig die Christbäume schmückten und bei guter Hausmusik und beim Vorlesen eines Buches eine sehr fröhliche Weihnachtsstimmung aufglühte.

Nun kam der Heiligabend. Tiefe feierliche Stille ruht auf dem verschneiten Schloß und seinem Park. Der Hauptmann der Leibkompanie des 1. Garde-Regiments zu Fuß hat, altem Brauch gemäß, dem Kaiser und den dem Regiment angehörigen Prinzen die Pfefferkuchen mit dem historischen Gardestern überreicht. Die Bescherung des Lehr-Infanterie-Bataillons, der Schloßwache des Neuen Palais, hat in Gegenwart seines Obersten Kriegsherrn und der Prinzen stattgefunden, und der vermummte Weihnachtsmann mit seinen drolligen Scherzen und spaßigen Geschenken hat viel Freude ausgelöst.

Jetzt macht der Kaiser in Begleitung seines Flügeladjutanten seinen bekannten Weihnachtsspaziergang in der weiteren Umgebung des Schlosses. Die Taschen des Offiziers sind mit funkelnagelneuen Silbermünzen gefüllt, und wer dem Monarchen begegnet, wird damit beschenkt. Da fällt mir ein späteres, drolliges Erlebnis ein. Meine Frau macht am Heiligabend mit ihrem ältesten, etwa achtjährigen Jungen einen Besorgungsweg. Der Bub hat zum erstenmal in stolzer Freude lange Hosen an. Sie begegnen dem Kaiser, der, selbstverständlich in Uniform, lange Schaftstiefel und die entsprechenden kurzen Hosen anhat. Der Kaiser schenkt meinem Jungen ein blankes Fünfmarkstück und fragt: „Na, mein Junge, was wirst du nun damit machen?", und der Bub antwortet prompt: „Dafür kaufe ich dir ein Paar lange Hosen!"

Nach der Rückkehr des Kaisers kommt die Bescherung der kaiserlichen Familie und ihrer näheren Umgebung. Doch zuvor gibt es eine Überraschung. Als damaliger Zivilerzieher der beiden ältesten Prinzen hatte ich die Kaiserin gefragt, ob es wohl dem Kaiser Freude machen würde, wenn die Prinzen die Weihnachtsgeschichte aufsagen und einige Weihnachtslieder dazu singen würden, was die Kaiserin freudig bejahte. Nun klangen die Stimmchen der Prinzen doch etwas dünn; so beschloß ich, einen Weihnachtschor zu gründen. Was in der kaiserlichen Verwandtschaft und Umgebung musikalisch und stimmbegabt war, wurde herbeigeholt, und so bekam ich einen vierstimmigen Chor zusammen, der sich von Jahr zu Jahr vergrößerte und verbesserte und an dessen Proben die Kaiserin sich eifrig beteiligte. Es mag wohl wenige Dirigenten gegeben haben, die, wie ich, kaiserliche und königliche Hoheiten, Durchlauchten und Exzellenzen unter ihrem Taktstock vereinigten. Die abendlichen Übungsstunden, die von den Prinzen adventlich ausgeschmückt wurden, sind wohl allen Überlebenden eine unvergeßliche Erinnerung.

Im Schreibzimmer der Kaiserin bauen wir uns auf. Der Kaiser kommt mit engstem Gefolge. Nun erklingt frisch und freudig das alte Weihnachtslied: „O du fröhliche". Dann sagen die Prinzen in Abschnitten die Weihnachtsgeschichte auf, dazwischen ertönen unsere Chorgesänge. Besonderen Eindruck macht auf den Kaiser ein alter Satz von „Es ist ein' Ros' entsprungen", und am Schluß beim

Lieblingsvers der Kaiserin: „O Jesu, schöne Weihnachtssonne, bestrahle uns mit deiner Gunst!‘ stellt er sich selbst zu uns Sängern und singt kräftig die Baßstimme mit. Die Überraschung ist glänzend gelungen.

Jetzt geht es zum Muschelsaal. Das Glockenzeichen ertönt. Die Doppeltür öffnet sich. Ein Lichtstrom flutet uns entgegen. Man glaubt sich versetzt in die Märchenwelt von Tausendundeiner Nacht. Zehn lichterbesäte Weihnachtsbäume, fünfzehn Kristallkronleuchter, viele bronzene Wandleuchter – ein Meer von Kerzenlicht! Wie funkeln jetzt die breiten Edelsteinstreifen an den Wänden, wie leuchten die Muscheln ringsum; die großen Delphine in den Voluten scheinen zu leben.

Doch das schönste bei dieser Bescherung ist nicht Lichterglanz, nicht Edelsteingefunkel, nicht Gabenfülle, es ist vielmehr die herzinnige Liebe, die strahlende Freude, welche die Herzen der Großen wie der Kleinen erfüllt. Man muß es miterlebt haben, mit welcher natürlichen Herzlichkeit Kaiser und Kaiserin sich gegenseitig beschenken, erfreuen. Man muß ihn gehört haben, den Jubel der Kaiserkinder, diesen siebenstimmigen Chor, der unter den sieben kleinen Weihnachtsbäumen laut ward, wenn die Soldatenschachteln geöffnet, die Uniformen angelegt, der Sportwagen im Saal ausprobiert wurden. Mir selbst war es ein heimlicher Triumph, wenn die neuesten Schlager, die ich auf dem Berliner Weihnachtsmarkt entdeckt hatte, ein Hampelmann, ein Huppefrosch und dergleichen, mehr Eindruck machten als ein fürstliches Patengeschenk. Und nun wurden wir von des Kaisers Hand an den eigenen Weihnachtsplatz geführt und mit gewinnendem Humor die Weihnachtsgeschenke uns gedeutet und übergeben.

Eine kleine lustige Episode aus der ersten Weihnachtsfeier möge hier erzählt sein. Plötzlich steckte der Kaiser mir etwas in die Fracktasche und sagte: „Als Dank für die schöne Gesangsüberraschung.“ Ich fühle nach – ein kleines Etui. Gewiß, dachte ich, ein Paar Manschettenknöpfe; ich wollte nicht neugierig erscheinen und verschob die Besichtigung für später auf mein Zimmer. Nach einiger Zeit kam der Generaladjutant: „Warum melden Sie sich nicht beim Kaiser?“ Ich: „Warum soll ich mich denn melden?‘ Er: „Nun, der Kaiser hat Sie doch zum Ritter des Kronenordens gemacht! Eine unerhörte Auszeichnung für einen vierundzwanzigjährigen Kandidaten!“ Ich: „Verzeihung, ich dachte, es wären Manschettenknöpfe.“ Er heftete mir den Orden an; ich meldete mich beim Kaiser, stammelte die Entschuldigung, und der Kaiser sagte: „Na, wenn Ihnen Manschettenknöpfe lieber sind, können wir ja noch umtauschen.“ Ich: „Nein, Majestät, ich werde diesen Orden mit stolzer und dankbarer Freude tragen.“ Der Kaiser: „Schön, dann sollen Sie Ihre Manschettenknöpfe noch dazu bekommen.“

Wohl achtzehn Weihnachtsfeste habe ich in der kaiserlichen Familie mitfeiern dürfen. Mit ihrem Freisein von allem steifen Hofzeremoniell und aller gemachten Gnädigkeit, mit ihrer echten Natürlichkeit und großen Herzlichkeit gehören sie zu den schönsten Erinnerungen meiner Potsdamer Periode. Als ich aber ein Jahrzehnt nach dem letzten Weihnachtsfest im Neuen Palais meinen Kindern den Muschelsaal zeigte, krampfte sich mir doch das Herz zusammen. Der Kaiser in der Ferne. Die Kaiserin ruhend im Antikentempel. Die fröhliche Kinderschar zersprengt. Die einstigen Mitfeiernden bis auf ganz wenige nicht mehr unter den Lebenden. Aber liebe, schöne Erinnerungen sind ja nicht dazu da, um uns wehmütig zu stimmen, sondern um uns dankbar, zufrieden und zukunftsfroh zu machen.

War das Weihnachtsfest vorüber und Kaisers Geburtstag in Sicht, siedelte der Hof vom Neuen Palais in das Berliner Stadtschloß über. Welch ein Unterschied zwischen diesen beiden Fürstenschlössern, dem Königsschloß an der Havel, der einheitlichen, großartigen Schöpfung des großen Königs, und dem Königsschloß an der Spree, das eine ganze Hohenzollerngeschichte verkörpert: die Energie des Großen Kurfürsten, die Prachtliebe Friedrichs I., die Sparsamkeit Friedrich Wilhelms I., den Kunst- und Herrschergeist Friedrichs des Großen. Das Neue Palais abseits von Lärm und Getriebe mitten im Grün idyllischer Ländlichkeit; das alte Königsschloß in Berlin, hineingebaut ins Herz der Hauptstadt, ins wogende, lärmende Leben, die Gebäude der Wissenschaft, der Kunst, des Handels ringsum das sichtbare Abbild davon. So ist auch ein wesentlicher Unterschied im Leben des Königshauses hier und dort. Im Neuen Palais kam das Familienleben zum innigen Ausdruck; in Berlin trat mehr die repräsentative, glänzende Seite des Hofes hervor.

Die Hirtenstrophe

Peter Huchel

Wir gingen nachts gen Bethlehem
und suchten über Feld
den schiefen Stall aus Stroh und Lehm,
von Hunden fern umbellt.

Und drängten auf die morsche Schwell'
und sahen an das Kind.
Der Schnee trieb durch die Luke hell,
und draußen Eis und Wind.

Ein Ochs nur blies die Krippe warm,
der nah der Mutter stand.
Wie war ihr Kleid, ihr Kopftuch arm,
wie mager ihre Hand.

Ein Esel hielt sein Maul ins Heu,
fraß Dorn und Distel sacht,
Er rupfte weich die Krippenstreu,
o bitterkalte Nacht.

Wir hatten nichts als unsern Stock,
kein Schaf, kein eigen Land,
geflickt und fasrig war der Rock,
nachts keine warme Wand.

Wir standen scheu und stummen Munds.
Die Hirten, Kind, sind hier.
Und beteten und wünschten uns
Gerät und Pflug und Stier.

Und standen lang und schluckten Zorn,
weil uns das Kind nicht sah.
Griff nicht das Kind dem Ochs ans Horn
Und lag dem Esel nah?

Es brannte ab der Span aus Kien.
Das Kind schrie und schlief ein.
Wir rührten uns, feldein zu ziehn.
Wie waren wir allein!

Daß diese Welt nun besser wird,
so sprach der Mann der Frau,
für Zimmermann und Knecht und Hirt,
das wisse er genau.

Ungläubig hörten wir's – doch gern.
Viel Jammer trug die Welt.
Es schneite stark. Und ohne Stern
ging es durch Busch und Feld.

Gras, Vogel, Lamm und Netz und Hecht,
Gott gab es uns zu Lehn.
Die Erde aufgeteilt gerecht,
wir hätten's gern gesehn.

Weihnachten auf Hohen-Vietz

Theodor Fontane

Es war Weihnachten 1812, Heiliger Abend. Einzelne Schneeflocken fielen und legten sich auf die weiße Decke, die schon seit Tagen in den Straßen der Hauptstadt lag. Die Laternen, die an lang ausgespannten Ketten hingen, gaben nur spärliches Licht; in den Häusern aber wurde es von Minute zu Minute heller, und der „Heilige Christ", der hier und dort schon einzuziehen begann, warf seinen Glanz auch in das draußen liegende Dunkel.

So war es auch in der Klosterstraße. Die „Singuhr" der Parochialkirche setzte eben ein, um die ersten Takte ihres Liedes zu spielen, als ein Schlitten aus dem Gasthof „Zum grünen Baum" herausfuhr und gleich darauf schräg gegenüber vor einem zweistöckigen Hause hielt, dessen hohes Dach noch eine Mansardenwohnung trug. Der Kutscher des Schlittens, in einem abgetragenen, aber mit drei Kragen ausstaffierten Mantel, beugte sich vor und sah nach den obersten Fenstern hinauf; als er jedoch wahrnahm, daß alles ruhig blieb, stieg er von seinem Sitz, strängte die Pferde ab und schritt auf das Haus zu, um durch die halb offenstehende Tür in dem dunklen Flur desselben zu verschwinden. Wer ihm dahin gefolgt wäre, hätte notwendig das stufenweise Stapfen und Stoßen hören müssen, mit dem er sich, vorsichtig und ungeschickt, die drei Treppen hinauffühlte.

Der Schlitten, eine einfache Schleife, auf der ein mit einem sogenannten „Plan" überspannter Korbwagen befestigt war, stand all die Zeit über ruhig auf dem Fahrdamm, hart an der Öffnung einer hier aufgeschütteten Schneemauer. Der Korbwagen selbst, mutmaßlich um mehr Wärme und Bequemlichkeit zu geben, war nach hinten zu, bis an die Plandecke hinauf, mit Stroh gefüllt; vorn lag ein Häckselsack, gerade breit genug, um zwei Personen Platz zu gönnen. Alles so primitiv wie möglich. Auch die Pferde waren unscheinbar genug, kleine Ponies, die gerade jetzt in ihrem winterlich rauhen Haar ungeputzt und dadurch ziemlich vernachlässigt aussahen. Aber wie immer auch, die russischen Sielen, dazu das Schellengeläut, das auf rot eingefaßten, breiten Ledergurten über den Rücken der Pferde hing, ließen keinen Zweifel darüber, daß das Fuhrwerk aus einem guten Hause sei.

So waren fünf Minuten vergangen oder mehr, als es auf dem Flur hell wurde. Eine Alte in einer weißen Nachthaube, das Licht mit der Hand schützend, streckte den Kopf neugierig in die Straße hinaus; dann kam der Kutscher mit Mantelsack und Pappkarton; hinter diesem, den Schluß bildend, ein hochaufgeschossener junger Mann von leichter, vornehmer Haltung. Er trug eine Jagdmütze, kurzen Rock und war in seiner ganzen Oberhälfte unwinterlich gekleidet. Nur seine Füße steckten in hohen Filzstiefeln. „Frohe Feiertage, Frau Hulen", damit reichte er der Alten die Hand, stieg auf die Deichsel und nahm Platz neben dem Kutscher. „Nun vorwärts, Krist; Mitternacht sind wir in *Hohen-Vietz.* Das ist recht, daß Papa die Ponies geschickt hat."

Die Pferde zogen an und versuchten es, ihrer Natur nach, in einen leichten Trab zu fallen; aber erst als sie die Königstraße mit ihrem Weihnachtsgedränge und Waldteufelgebrumm im Rücken hatten, ging es in immer rascherem Tempo die Landsberger Straße entlang und endlich unter immer munterer werdendem Schellengeläut zum Frankfurter Tore hinaus.

Draußen umfing sie Nacht und Stille; der Himmel klärte sich, und die ersten Sterne traten hervor. Ein leiser, aber scharfer Ostwind fuhr über das Schneefeld, und der Held unserer Geschichte, *Lewin von Vitzewitz,* der seinem väterlichen Gute *Hohen-Vietz* zufuhr, um die Weihnachtsfeiertage daselbst zu verbringen, wandte sich jetzt, mit einem Anflug von märkischem Dialekt, an den neben ihm sitzenden Gefährten. „Nun, Krist, wie wär es? Wir müssen wohl einheizen." Dabei legte er Daumen und Zeigefinger ans Kinn und paffte mit den Lippen. Dies „wir" war nur eine Vertraulichkeitswendung; Lewin selbst rauchte nicht. Krist aber, der von dem Augenblick an, wo sie die Stadt im Rücken hatten, diese Aufforderung erwartet haben mochte, legte ohne weiteres die Leinen in die Hand seines jungen Herrn und fuhr in die Manteltasche, erst um eine kurze Pfeife mit bleiernem Abguß, dann um ein neues Paket Tabak daraus hervorzuholen. Er nahm beides zwischen die Knie, öffnete das mit braunem Lack gesiegelte Paket, stopfte und begann dann mit derselben langsamen Sorglichkeit nach Stahl und Schwamm zu suchen. Endlich brannte es; er tat, indem er wieder die Leine nahm, die ersten Züge, und während jetzt kleine Funken aus dem Drahtdeckel hervorsprühten, ging es auf Friedrichsfelde zu, dessen Lichter ihnen über das weiße Feld her entgegen schienen.

Das Dorf lag bald hinter ihnen. Lewin, der sich's inzwischen bequem gemacht und durch festeren Aufbau einiger Strohbündel eine Rückenlehne hergerichtet hatte, schien jetzt in der Stimmung, eine Unterhaltung aufzunehmen. Ehe des Kutschers Pfeife brannte, wär es ohnehin nicht rätlich gewesen.

„Nichts Neues, Krist?“ begann Lewin, indem er sich fester in die Strohpolster drückte. „Was macht Willem, mein Päth?“

„Dank schön, junger Herr, he is ja nu wedder bi Weg.“

„Was war ihm denn?“

„He hett sich verfiert. Un noch dato an sinen Geborts-dag. Et is nu en Wochner drei; ja, up'n Dag hüt, drei Wochen. Oll Doktor Leist von Lebus hett em aber wedder torecht bracht.“

„Er hat sich verfiert?“

„Ja, junger Herr, so glöwen wi all. Et wihr wol so um de fiefte Stunn', as mine Fru seggen däd: Willem, geih un hol uns en paar Äppels, awers von de Renetten up'n Stroh, dicht bi de Bohnenstakens.“ Un uns' Lütt-Willem ging ooch, un ick hürt em noch flüten un singen un dat Klapsen von sine Pantinen ümmer den Floor lang. Awer dunn hürt ick nix mihr, und as he nu an de olle wackelsche Döör käm und in den groten Saal rinnwull, wo uns' Äppels liggen un wo de Lüt seggen, dat de oll Matthias spöken deiht, da möt em wat passiert sinn. He käm nich und käm nich; un as ick nu nahjung un sehn wull, wo he bliwen däd, da läg he, glieks achter de Schwell, as dod up de Fliesen."

„Das arme Kind! Und Eure Frau ..."

„De käm ooch, un wi drögen em nu torügg in unse Stuv und rewen em in. Mine Fru hätt ümmer en beten Mierenspiritus to Huus. As he nu wedder to sich käm, biwwerte em de janze lütte Liew, un he seggte man ümmer: ‚Ick hebb em sehn.'

Lewin hatte sich zurechtgerückt. „Es geht also wieder besser", warf er hin, und wie um loszukommen von allerhand Bildern und Gedanken, die des Kutschers Erzählung in ihm angeregt hatte, fuhr er hin und her in Erkundigungen, worauf Krist mit so viel Ausführlichkeit antwortete, wie ihm die Raschheit der Fragen gestattete. Dem Schulzen Kniehase war einer von seinen Braunen gefallen; bei Hoppenmarieken hatte der Schornstein gebrannt; bei Witwe Gräbschen hatte Nachtwächter Pachaly einen mittelgroßen Sarg, mit einem Myrtenkranz darauf, vor der Haustür stehn sehn, „un wihl et man en mittelscher Sarg west wihr, so hedden se all an die Jüngscht, an Hanne Gräbschen dacht. De is man kleen, und piept all lang."

Die Sterne traten immer zahlreicher hervor. Lewin lupfte die Kappe, um sich die Stirn von der frischen Winterluft anwehen zu lassen, und sah staunend und andächtig in den funkelnden Himmel hinauf. Es war ihm, als fielen alle dunklen Geschicke, das Erbteil seines Hauses, von ihm ab, und als zöge es lichter und heller von oben her in seine Seele. Er atmete auf. Zwei, drei Schlitten flogen vorüber, grüßten und sangen, sichtlich Gäste, die im Nebendorf die Bescherung nicht versäumen wollten; dann, ehe fünf Minuten um waren, glitt das Gefährt unserer zwei Freunde unter den Giebelvorbau des Bohlsdorfer Kruges.

Bohlsdorf war drittel Weg. Niemand kam. An den Fenstern zeigte sich kein Licht; die Krügersleute mußten in den Hinterstuben sein und das Vorfahren des Schlittens, trotz seines Schellengeläutes, überhört haben. Krist nahm wenig Notiz davon. Er stieg ab, holte eine der Stehkrippen heran, die beschneit an dem Hofzaun entlang standen, und schüttete den Pferden ihren Hafer ein.

Auch Lewin war abgestiegen. Er stampfte ein paarmal in den Schnee, wie um das Blut wieder in Umlauf zu bringen, und trat dann in die Gaststube, um sich zu wärmen und einen Imbiß zu nehmen. Drinnen war alles leer und dunkel; hinter dem Schenktisch aber, wo drei Stufen zu einem höher gelegenen Alkoven führten, blitzte der Christbaum von Lichtern und goldenen Ketten. In diesem Weihnachtsbilde, das der enge Türrahmen einfaßte, stand die Krügersfrau in Mieder und rotem Friesrock und hatte einen Blondkopf auf dem Arm, der nach den Lichtern des Baumes langte. Der Krüger selbst stand neben ihr und sah auf das Glück, das ihm das Leben und dieser Tag beschert hatten.

Lewin war ergriffen von dem Bilde, das fast wie eine Erscheinung auf ihn wirkte. Leiser als er eingetreten war, zog er sich wieder zurück und trat auf die Dorfstraße. Gegenüber dem Kruge, von einer Feldsteinmauer eingefaßt, lag die Bohlsdorfer Kirche, ein alter Zisterzienserbau aus den Tagen der ersten Kolonisation. Es klang deutlich von drüben her, als würde die Orgel gespielt, und Lewin, während er noch aufhorchte, bemerkte zugleich, daß eines der kleinen, in halber Wandhöhe hinlaufenden Rundbogenfenster matt erleuchtet war. Neugierig, ob er sich täuschte oder nicht, stieg er über die niedrige Steinmauer fort und schritt, zwischen den Gräbern hin, auf die Längswand der Kirche zu. Ziemlich inmitten dieser Wand bemerkte er eine Pforte, die nur eingeklinkt, aber nicht geschlossen war. Er öffnete leise und trat ein. Es war, wie er vermutet hatte. Ein alter Mann, mit Samtkäppsel und spärlichem weißen Haar, saß vor der Orgel, während ein Lichtstümpfchen neben ihm eine kümmerliche Beleuchtung gab. In sein Orgelspiel vertieft, bemerkte er nicht, daß jemand eingetreten war, und feierlich, aber gedämpften Tones klangen die Weihnachtsmelodien nach wie vor durch die Kirche hin.

Übte sich der Alte für den kommenden Tag, oder feierte

er hier sein Christfest allein für sich mit Psalmen und Choral? Lewin hatte sich die Frage kaum gestellt, als er, der Orgel gegenüber, einen zweiten Lichtschimmer wahrnahm; auf der untersten Stufe des Altars stand eine kleine Hauslaterne. Als er näher trat, sah er, daß Frauenhände hier eben noch beschäftigt gewesen sein mußten. Ein Handfeger lag da, daneben eine kurze Stehleiter, die beiden Seitenhölzer oben mit Tüchern umwunden. Das Licht der Laterne fiel auf zwei Grabsteine, die vor dem Altar in die Fliesen eingelegt waren; der eine zur Linken enthielt nur Namen und Datum, der andere zur Rechten aber zeigte Bild und Spruch. Zwei Lindenbäume neigten ihre Wipfel einander zu, und darunter standen Verse, zehn oder zwölf Zeilen. Nur die Zeilen der zweiten Strophe waren noch deutlich erkennbar und lauteten:

Sie sieht nun tausend Lichter;
Der Engel Angesichter
Ihr treu zu Diensten stehn;
Sie schwingt die Siegesfahne
Auf güldnem Himmelsplane
Und kann auf Sternen gehn.

Lewin las zwei-, dreimal, bis er die Strophe auswendig wußte; die letzte Zeile namentlich hatte einen tiefen Eindruck auf ihn gemacht, von dem er sich keine Rechenschaft geben konnte. Dann sah er sich noch einmal in der seltsam erleuchteten Kirche um, deren Pfeiler und Chorstühle ihn schattenhaft umstanden, und kehrte, die Türe leise wieder anlehnend, erst auf den Kirchhof, dann, mit raschem Sprung über die Mauer, auf die Dorfstraße zurück.

Der Krug hatte indessen ein verändertes Ansehen gewonnen. In der Gaststube war Licht; Krist stand am Schenktisch im eifrigen Gespräch mit dem Krüger, während die Frau, aus der Küche kommend, ein Glas Kirschpunsch auf den Tisch stellte. Sie plauderten noch eine Weile auch über den alten Küster drüben, der, seitdem er Witmann geworden, seinen Heiligen Abend mit Orgelspiel zu feiern pflege; dann, unter Händeschütteln und Wünschen für ein frohes Fest, wurde Abschied genommen, und an den stillen Dorfhütten vorbei ging es weiter in die Nacht hinein.

Lewin sprach von den Krügersleuten; Krist war ihres Lobes voll. Weniger wollt er vom Bohlsdorfer Amtmann wissen, am wenigsten vom Petershagener Müller, an dessen abgebrannter Bockmühle sie eben vorüberfuhren. Aus allem ging hervor, daß Krist, der allwöchentlich dieses Weges kam, den Klatsch der Bierbänke zwischen Berlin und Hohen-Vietz in treuem Gedächtnis trug. Er wußte alles und schwieg erst, als Lewin immer stiller zu werden begann. Nur kurze Ansprachen an die Ponies belebten noch den Weg. Die regelmäßige Wiederkehr dieser Anrufe, das monotone Schellenläuten, das alsbald wie von weit her zu klingen schien, legte sich mehr und mehr mit einschläfernder Gewalt um die Sinne unseres Helden. Allerhand Gestalten zogen an seinem halbgeschlossenen Auge vorüber; aber eine dieser Gestalten, die glänzendste nahm er mit in seinen Traum. Er saß vor ihr auf einem niedrigen Taburett; sie lachte ihn an und schlug ihn leise mit dem Fächer, als er nach ihrer Hand haschte, um sie zu küssen. Hundert Lichter, die sich in schmalen Spiegeln spiegelten, brannten um sie her, und vor ihnen lag ein großer Teppich, auf dem Göttin Venus in ihrem Taubengespann durch die Lüfte zog. Dann war es plötzlich, als löschten alle diese Lichter aus; nur zwei Stümpfchen brannten noch; es war wie eine schattendurchhuschte Kirche, und an der Stelle, wo der Teppich gelegen hatte, lag ein Grabstein, auf dem die Worte standen:

Sie schwingt die Siegesfahne
Auf güldnem Himmelsplane
Und kann auf Sternen gehn.

Süß und schmerzlich, wie kurz vorher bei wachen Sinnen ihn diese Worte berührt hatten, berührten sie ihn jetzt im Traum. Er wachte auf.

„Noch eine halbe Meile, junger Herr“, sagte Krist.

„Dann sind wir in Dolgelin?“

„Nein, in Hohen-Vietz.“

„Da hab ich fest geschlafen.“

„Dritthalb Stunn'."

Das erste, was Lewin wahrnahm, war die Sorglichkeit, mit der sich der alte Kutscher mittlerweile um ihn bemüht hatte. Der Futtersack war ihm unter die Füße geschoben, die beiden Pferdedecken lagen ausgebreitet über seinen Knien.

Nicht lange, und der Hohen-Vietzer Kirchturm wurde sichtbar. An oberster Stelle eines Höhenzuges, der nach Osten hin die Landschaft schloß, stand die graue Masse, schattenhaft im funkelnden Nachthimmel.

Dem Sohne des Hauses schlug das Herz immer höher, sooft er dieses Wahrzeichens seiner Heimat ansichtig wurde. Aber er hatte heute nicht lange Zeit, sich der Eigentümlichkeit des Bildes zu freuen. Die beschneiten Parkbäume traten zwischen ihn und die Kirche, und einige Minuten später schlugen die Hunde an, und zwischen zwei Torpfeilern hindurch beschrieb der Schlitten eine Kurve und hielt vor der portalartigen Glastüre, zu der zwei breite Sandsteinstufen hinaufführten.

Lewin, der sich schon vorher erhoben hatte, sprang hinaus und schritt auf die Stufen zu. „Guten Abend, junger Herr", empfing ihn ein alter Diener in Gamaschen und Frackrock, an dem nur die großen blanken Knöpfe verrieten, daß es eine Livree sein sollte.

„Guten Abend, Jeetze; wie geht es?"

Aber über diesen Gruß kam Lewin nicht hinaus, denn im selben Augenblick richtete sich ein prächtiger Neufundländer vor ihm auf und überfiel ihn, die Vorderpfoten auf seine Schultern legend, mit den allerstürmischsten Liebkosungen.

„Hektor, laß gut sein, du bringst mich um." Damit trat unser Held in die Halle seines väterlichen Hauses. Ein paar Scheite, die im Kamin verglühten, warfen ihr Licht auf die alten Bilder an der Wand gegenüber. Lewin sah sich um, nicht ohne einen Anflug freudigen Stolzes, auf der Scholle seiner Väter zu stehen.

Dann leuchtete ihm der alte Diener die schwere doppelarmige Treppe hinauf, während Hektor folgte. – – –

An Lewins Seele waren inzwischen unruhige Träume vorübergegangen. Die Fahrt im Ostwind hatte ihn fiebrig gemacht, und erst gegen Morgen verfiel er in einen festen Schlaf. Eine Stunde später begann es bereits im Hause lebendig zu werden; auf dem langen Korridor, an dessen Nordostecke Lewins Zimmer gelegen war, hallten Schritte auf und ab, schwere Holzkörbe wurden vor die Feuerstellen gesetzt und große Scheite von außen her in den Ofen geschoben. Bald darauf öffnete sich die Tür, und der alte Diener, der am Abend zuvor seinen jungen Herrn empfangen hatte, trat ein, einen Blaker in der Hand. Hektor blieb liegen, reckte sich auf dem Rehfell und wedelte nur, als ob er rapportieren wolle: Alles in Ordnung. Jeetze setzte das Licht, dessen Flamme er bis dahin mit seiner Rechten sorglich gehütet hatte, hinter einen Schirm und begann alles, was an Garderobenstücken umherlag, über seinen linken Arm zu packen. Er selbst war noch im Morgenkostüm; zu den Samthosen und Gamaschen, ohne die er nicht wohl zu denken war, trug er einen Arbeitsrock von doppeltem Zwillich. Als er alles beisammen hatte, trat er, leise wie er gekommen war, seinen Rückzug an, dabei nach Art alter Leute unverständliche Worte vor sich her murmelnd. An dem zustimmenden Nicken seines Kopfes aber ließ sich erkennen, daß er zufrieden und guter Laune war.

Die Türe blieb halb offen, und das erwachende Leben des Hauses drang in immer mahnenderen, aber auch in immer anheimelnderen Klängen in das wieder still gewordene Zimmer. Die großen Scheite Fichtenholz sprangen mit lautem Krach auseinander, von Zeit zu Zeit zischte das Wasser, das aus den naß gewordenen Stücken in kleinen Rinnen ins Feuer lief, und von der Korridornische her hörte man den sichern und regelrechten Strich, mit dem Jeetzes Bürste der Hacheln und Härchen, die nicht loslassen wollten, Herr zu werden suchte.

Alles das war hörbar genug, nur Lewin hörte es nicht. Endlich beschloß Hektor, der Ungeduld Jeetzes und seiner eigenen ein Ende zu machen, richtete sich auf, legte beide Vorderpfoten aufs Deckbett und fuhr mit seiner Zunge über die Stirn des Schlafenden hin, ohne weitere Sorge, ob seine Liebkosungen willkommen seien oder nicht. Lewin wachte auf; die erste Verwirrung wich einem heiteren Lachen. „Kusch dich, Hektor“, damit sprang er aus dem Bett. Der Morgenschlaf hatte ihn frisch gemacht; in wenig Minuten war er angekleidet, ein Vorteil halb soldatischer Erziehung. Er durchschritt ein paarmal das Zimmer, betrachtete lächelnd einen mit vier Nadeln an die Tischdecke festgesteckten Bogen Papier, auf dem in großen Buchstaben stand: „Willkommen in Hohen-Vietz“, ließ seine Augen über ein paar Silhouettenbilder gleiten, die er von Jugend auf kannte und doch immer wieder mit derselben Freudigkeit begrüßte, und trat dann an eines der zugefrorenen Eckfenster. Sein Hauch taute die Eisblumen fort, ein Fleckchen, nicht größer wie eine Glaslinse, wurde frei, und sein erster Blick fiel jetzt auf die eben aufgehende Weihnachtssonne, deren roter Ball hinter dem Turmknopf der Hohen-Vietzer Kirche stand. Zwischen ihm und dieser Kirche erhoben sich die Bäume des hügelansteigenden Parkes, phantastisch bereift, auf einzelnen ein paar Raben, die in die Sonne sahen und mit Gekreisch den Tag begrüßten.

Lewin freute sich noch des Bildes, als es an die Tür klopfte.

„Nur herein!“

Eine schlanke Mädchengestalt trat ein, und mit herzlichem Kuß schlossen sich die Geschwister in die Arme. Daß es Geschwister waren, zeigte der erste Blick: gleiche Figur und Haltung, dieselben ovalen Köpfe, vor allem dieselben Augen, aus denen Phantasie, Klugheit und Treue sprachen.

„Wie freue ich mich, dich wieder hier zu haben. Du bleibst doch über das Fest? Und wie gut du aussiehst, Lewin! Sie sagen, wir ähnelten uns; es wird mich noch eitel machen.“

Die Schwester, die bis dahin wie musternd vor dem Bruder gestanden hatte, legte jetzt ihren Arm in den seinen und fuhr dann, während beide auf der breiten Strohmatte des Zimmers auf und ab promenierten, in ihrem Geplauder fort.

„Du glaubst nicht, Lewin, wie öde Tage wir jetzt haben. Seit einer Woche flog uns nichts wie Schneeflocken ins Haus."

„Aber du hast doch den Papa ... „

„Ja und nein. Ich hab ihn und hab ihn nicht; jedenfalls ist er nicht mehr, wie er war. Seine kleinen Aufmerksamkeiten bleiben aus ; er hat kein Ohr mehr für mich, und wenn er es hat, so zwingt er sich und lächelt. Und an dem allen sind die Zeitungen schuld, die ich freilich auch nicht missen möchte. Kaum daß Hoppenmarieken in den Flur tritt und das Postpaket aus ihrem Kattuntuch wickelt, so ist es mit seiner Ruhe hin. Er geht an mir vorbei, ohne mich zu sehen. Briefe werden geschrieben; die Pferde kommen kaum noch aus dem Geschirr; zu Wagen und zu Schlitten geht es hierhin und dorthin. Oft sind wir tagelang allein. Ein Glück, daß ich Tante Schorlemmer habe, ich ängstigte mich sonst zu Tode."

„Tante Schorlemmer! So findet alles seine Zeit."

„Oh, sie braucht nicht erst ihre Zeit zu finden, sie hat immer ihre Zeit, das weiß niemand besser als du und ich. Aber freilich, eines ist meiner guten Schorlemmer nicht gegeben, einen öden Tag minder öde zu machen. Möchtest du, eingeschneit, einen Winter lang mit ihr und ihren Sprüchen am Spinnrad sitzen?"

„Nicht um die Welt. Aber wo bleibt der Pastor? Und wo bleibt Marie? Ist denn alles zerstoben und verflogen?"

„Nein, nein, sie sind da, und sie kommen auch und sind die alten noch; lieb und gut wie immer. Aber unsere Hohen-Vietzer Tage sind so lang und am längsten, wenn im Kalender die kürzesten stehen. Marie kommt übrigens heute abend; sie hat eben anfragen lassen."

„Und wie geht es unserem Liebling?"

„In den drei Monaten, daß du nicht hier warst, ist sie voll herangewachsen. Sie ist wie ein Märchen. Wenn morgen eine goldene Kutsche bei Kniehases vorgefahren käme, um sie aus dem Schulzenhause mit zwei schleppentragenden Pagen abzuholen, ich würde mich nicht wundern. Und doch ängstigt sie mich. Aber je mehr ich mich um sie sorge, desto mehr liebe ich sie."

So weit waren die Geschwister in ihren Plaudereien gekommen, als Jeetze – nunmehr in voller Livree – in der Türe erschien, um seinen jungen Herrschaften anzukündigen, daß es Zeit sei.

„Wo ist Papa?"

„Er baut auf, Krist und ich haben zutragen müssen."

„Und Tante Schorlemmer?"

„Ist im Flur. Die Singekinder sind eben gekommen."

Lewin und Renate nickten einander zu und traten dann heiteren Gesichts und leichten Ganges, ein jeder stolz auf den anderen, in den Korridor hinaus. In demselben Augenblick, wo sie an dem Treppenkopf angelangt waren, klang es weihnachtlich von hellen Kinderstimmen zu ihnen herauf. Und doch war es kein eigentliches Weihnachtslied. Es war das alte „Nun danket alle Gott", das den märkischen Kehlen am geläufigsten ist und am freiesten aus ihrer Seele kommt. „Wie schön", sagte Lewin und horchte, bis die erste Strophe zu Ende war.

Als die Geschwister im Niedersteigen den untersten Treppenabsatz erreicht hatten, hielten sie abermals und überblickten nun das Bild zu ihren Füßen. Die gewölbte Flurhalle, groß und geräumig, trotz der Eichenschränke, die umherstanden, war mit Menschen, jungen und alten, gefüllt; einige Mütterchen hockten auf der Treppe, deren unterste Stufen bis weit in den Flur hinein vorsprangen. Links, nach der Park- und Gartentür zu, standen die Kinder, einige sonntäglich geputzt, die anderen notdürftig gekleidet, hinter ihnen die Armen des Dorfes, auch Sieche und Krüppel; nach rechts hin aber hatte alles, was zum Hause gehörte, seine Aufstellung genommen: der Jäger, der Inspektor, der Meier, Krist und Jeetze, dazu die Mägde, der Mehrzahl nach jung und hübsch, und alle gekleidet in die malerische Tracht dieser Gegenden, den roten Friesrock, das schwarzseidene Kopftuch und den geblümten Manchester-Spenzer. In Front dieser bunten Mädchengruppe gewahrte man eine ältliche Dame über fünfzig, grau gekleidet mit weißem Tuch und kleiner Tüllhaube, die Hände gefaltet, den Kopf vorgebeugt, wie um dem Gesange der Kinder mit mehr Andacht folgen zu können. Es war Tante Schorlemmer. Nur als die Geschwister auf dem Treppenabsatz erschienen, unterbrach sie ihre Haltung und erwiderte Lewins Gruß mit einem freundlichen Nicken.

Nun war auch der zweite Vers gesungen, und die Weihnachtsbescherung an die Armen und Kinder des Dorfes, wie sie in diesem Hause seit alten Zeiten Sitte war, nahm ihren Anfang. Niemand drängte vor; jeder wußte, daß ihm das Seine werden würde. Die Kranken erhielten eine Suppe, die Krüppel ein Almosen, alle einen Festkuchen, an die Kinder aber traten die Mägde heran und schütteten ihnen Äpfel und Nüsse in die mitgebrachten Säcke und Taschen.

Das Gabenspenden war kaum zu Ende, als die große, vom Flur aus in die Halle führende Flügeltüre von innen her sich öffnete und ein heller Lichtschein in den bis dahin nur halb erleuchteten Flur drang. Damit war das Zeichen gegeben, daß nun dem Hause selber beschert werden solle. Der alte Vitzewitz trat zwischen Türe und Weihnachtsbaum, und Lewins ansichtig werdend, der am Arm der Schwester dem Festzug voraufschritt, rief er ihm zu: „Willkommen, Lewin, in Hohen-Vietz." Vater und Sohn begrüßten sich herzlich; dann setzten die Geschwister ihren Umgang um die Tafel fort, während draußen im Flur die Kinder wieder anstimmten:

Lob, Ehr und Preis sei Gott,
Dem Vater und dem Sohne
Und auch dem Heiligen Geist
Im hohen Himmelsthrone.

Der Zug löste sich nun auf, und jeder trat an seinen Platz und an seine Geschenke. Alles gefiel und erfreute, die Schals, die Westen, die seidenen Tücher. Da lagerte kein Unmut, keine Enttäuschung auf den Stirnen; jeder wußte, daß schwere Zeiten waren, und daß der viel heimgesuchte Herr von Hohen-Vietz sich mancher Entbehrung unterziehen mußte, um die gute Sitte des Hauses auch in bösen Tagen aufrecht zu erhalten.

Zu beiden Seiten des Kamins, über dessen breiter Marmorkonsole das überlebensgroße Bild des alten Matthias aufragte, waren auf kleinen Tischen die Gaben ausgebreitet, die der Vater für Lewin und Renaten gewählt hatte. Lieblingswünsche hatten ihre Erfüllung gefunden, sonst waren sie nicht reichlich. An Lewins Platz lag eine gezogene Doppelbüchse, Suhler Arbeit, sauber, leicht, fest, eine Freude für den Kenner.

„Das ist für dich, Lewin. Wir leben in wunderbaren Tagen. Und nun kommt und laß uns plaudern."

Beide traten in das nebenan gelegene Zimmer, während in der Halle die Weihnachtslichter niederbrannten.

Wiehnachten in Motzien

Fritz Lening

De schöne Tied, wo sik de Kinder all immer so lange vörher up freun, was nu wedder ran, denn negen Abende vör Wiehnachten fing der Gemeindeschäper met sinen Knecht an, den Wiehnachtsmann runder to tüten, denn treckte hä in de Schummerstunne met de ganz Scholjugend dörch det Dörp un wer van de Jungs itzens 'n olt Buckhörn oder'n Trechter updriwen künn, der hilp! De Mäkens lehrden Sprüche un de Jungs grepen em under den Schäper sine Leitung met Musike an, da müßten denn woll de Geschenke god utfallen. Ick hev mi oft den Kopp terbraken, ob den Wiehnachtsmann de Tüterei gefall'n hebben kann und mänchmal meind' ick, hä kem woll dit Jahr vor de Tied, üm det blos nich mehr anhören to mütten, äber oll Schäper Orgen künn't gar nich dull nog werrn, in sine Kapelle word jedes Instrument upnahmen un na Noten word ok nich blast, det ging na't Mul. –

Wat wiren de Geschenke dunnemals klein un wat was de Freude grot uppen helen Christ! – Wer'n Kind recht verstahn un begriepen will, der mag irst versöken, sülvenst wedder Kind to werrn un sik torügg to versetten in de Tied, de nu villicht all wiet hinder em liggt, denn werd hä weten, wo weinig dato hört, 'ne Kindeshand to füllen un wie verkehrt de Ansicht is, det de Freude van den Wert afhangt, den de Geschenke hebben. Sehn wi nich oft nogt, det Kinder de wertvollsten Dinge trügg stöten un na Sachen griepen, de kum det Ansehn wert sin? De grote Ansprüche, de Kinder maken, werrn öhr meist künstlich bibrocht un naher, wenn't van Jahr to Jahr mehr sin sall, denn is't nich recht, toirst is't de leewe Eitelkeit van de Oeldern, de wisen willn, wat se all för öhre Kinder dohn un wo leew det se se hebben, naher mütten se alles upbeden, üm se men tofrieden to stell'n un üm noch mal 'n Schimmer van Freude up öhre Gesichter hervörtoropen.

So was't datomal nich; 'n Schrivbok för'n Grösche, 'ne kleine Puppe för'n Mäken oder'n Blasinstrument för'n Jungen was all rieklich, de Freude was drüm nich geringer, 'n bescheiden un anspruchsloser Sinn is ok 'ne grote Metgift, wer den besitt, der mag sik bi de Menschen bedanken, de den Kiem dato in em leggt hebben. –

De letzten Abende vör Wiehnachten sorgte de Schrödern dafför, det de Kinder fröher wie süß to Bedd 'brocht würrn, sie harr jo noch so voel to dohn, denn öhr Mann woll doch gern, det de Kleine twee Puppen kreg, de müßten antreckt werrn un de oll finzelige Arbeit woll gar nicht recht schaffen, det word immer wedder to grot un wenn't tum Anpassen ging, denn lachte öhre Mann all vörher un meinde, de Dinger let etwas vüllig, tum nächsten Wiehnachten müchten se woll rinwassen sin, allewiel wir't nonnich so recht.

„'T is ungewennde Arbeit", antwort't se em, „met der Tied werrn se woll better geraden, ick weet, det sick de Kleine doch daröver freun werd; wenn ick fertige Puppen kofft harr, denn müchten se woll better utsehn, äber de rechte Wiehnachtsfreude kann ick blos hebben, wenn ick det Minige dato dahn hev."

„Denn stah ick äber ok nich torügg, denn help ick di", seggt Schröder, „morgen gah ick na'n Berg un sök'n Bom, wenn du mi denn Rosinen und Backenplumen gewen willst, denn putz ick'n ut, hev ick öber dine Arbeit lacht, denn werr ick mi det ok mütten gefallen laten. Wenn ick blos wüßte wie't togeit, det ick mi dit Jahr so to't Fest freue, mi is't immer, as müßt'et bi uns ganz apart schön werrn, immer wedder mütt ik an de olle Kleine denken, de sönnen blanken Bom gar nonnich sehn het, wat se man blos dato seggen mag."

„Ick kenn di gar nich wedder, Heinrich", antwort't sie, „wenn de olle Jungs alle Knäppnersch nalepen un üm 'ne Swester bettelden, denn was't di mänchmal gar nich recht, nu äber glöv ick, gewst du dine Dierne för keen Geld weg, ik wert schier noch dana uppassen mütten, det de Jungs nich to kort kamen."

„So müßt du't nich ansehn un det deist du ok nich, Lischen; kiek mal, wenn ick mänchmal daran denke, det det arme Worm in de Welt stellt, as wenn't rinsneit wire, denn geit et mi dörch'n Kopp, wie snurrig't oft kömmt un det man gar nich weten kann, wat unse ei'n Kinder bevörsteit, denn is't mi immer, as kün'n wi an de arme Waise gar nich nogt dohn, ik weet jo, det du ewen so denkst, det Kind sall uns 'ne Lust, äber keene Last sin.

Sie kek em fründlich an, met sönnen braven Mann künn se ahne Sorgen de Tokunft entgegen gahn, öhr kam't gewiß van Herten, as se so vör sick hen süfzte: „Gott erholl mi minen goden Mann un mine leewe Kinder!"

Etlige Dag späder kemen de Jungs in de Schummeringe met öhre Blasinstrumente to Hus un künnen nu Mariken vertelln, sie harrn ewen tum letzten Mal tüt't, der Wiehnachtsmann wir nu runder, in welche Hüser würr hüt Abend all afladen un bi öhr kem hä morgen fröh, underwegens wir hä äber all met sine Schimmeln, de Honnigkoken müßten ok woll fertig sin, denn det Brune an'n Himmel wir nu reine weg. Heinrich was'n Junge van acht Jahr un jedes Haar van em erinnerde an sinen Vater, inwennig un butenwennig was hä em ähnlich, ruhig un bedächtig in allen Dingen, äber to grote Klokheit was em nich as Erwe tofallen, grot an Körper künn hä werrn, ob äber grot an Geist, det was sehre de Frag'. August dagegen ähndelde mehr sine Mutter, hä was so fix un lebendig wie'n Wesel un kam met een Ben rascher van de Stell, as wenn Heinrich sine beiden bruckte, wenn't äber gar drup ankam, wat utwennig to lehren oder wat to beholln, dann blev der Grote wiet torügg, trotzdem, der August twee Jahr jünger was. Der Kleine stellde sick bi jeden Undernehmen an de Spitze un der Aender fund det ganz natürlich, der was froh, wenn men immer eener da was, der em seggte, wat hä dohn süll. August erfund de Geschichten van'n Aschenprödel un Heinrich vertellde se Mariken blos, der Jüngste gaf den Ton an.

Wie alle Jahr, so treckten de junge Lüd ok hüt in fröher Morgenstunne de Klocken, üm in't kleine Dörp to verkünnigen, det de stille heilige Nacht to Enne wir un det der Wiehnachtsdag anbreken woll, 't was to hören in alle Hüser, as se baben uppen Torm anfingen to singen: „Vom Himmel hoch, da komm ich her!“ Da richt't sick woll mänches Oog na baben, denn det is jo det grote Wunder, det de Kraft, de ut den rechten christlichen Globen entspringt, nich geringer worrn is, ob nu ok bald twee dusend Jahr daröber vergahn sin, seitdem de Engel den irsten Lovgesang anstimmden; mag ok noch so voel geschehn sin, üm de Menschheit den schönen Globen to verterren, to verunstalten un to verderwen, vernichten löt hä sick nich, ewen so weinig dörch'ne falsche Lehre, wie dörch Menschen, de ändern det nehmen müchten, wat se sülwenst nich mehr hebben. –

Oeberall kam nu Licht in de Hüser un ok bi Schröders word et helle, de Kinder waren all vör de Tied upweckt un as de Schrödern ut de Köken met öhre Licht rin kam, dunn stund de Kleine in öhre Hemdchen vör öhren Mann sin Bedde un bedte öhren Wiehnachtsspruch.

„Kiek Lischen“, seggt hä, „wi denken, wi willn an det Kind wat dohn un det tahlt uns voel mehr, wie wi em gewen, nich wahr, det sall unse Kind sin un bliwen, wie't ok kamen mag, den hütigen Morgen willn wi nich vergeten.“

Sie reikte öhren Mann de Hand, det Christkind was intreckt in öhre Herten un Friede un Freude wiren met em kamen.

Weihnachtsglocken

Richard Dehmel

Weihnachtsglocken, wieder, wieder
sänftigt und bestürmt ihr mich.
Kommt, o kommt, ihr hohen Lieder,
nehmt mich, überwältigt mich!

Daß ich in die Kniee fallen,
daß ich wieder Kind sein kann,
wie als Kind Herr-Jesus lallen
und die Hände falten kann.

Denn ich fühl's, die Liebe lebt, lebt,
die mit Ihm geboren wurde,
ob sie gleich von Tod zu Tod schwebt,
ob gleich er gekreuzigt wurde.

Fühl's, wie alle Brüder werden,
wenn wir hilflos, Mensch zu Menschen,
stammeln: Friede sei auf Erden
und ein Wohlgefall'n am Menschen!

Wie der alte Christian Weihnachten feierte

Paula Dehmel

„Kind", sagte am Vortage des Weihnachtsfestes meine gute Mutter zu mir, „Kind, geh, bring dem alten Christian seine Kuchenstolle und dies Paket. Sag, ich ließ ihn schön grüßen, und er möchte das Fest und das neue Jahr gesund und ruhig verleben. Diesmal wär zuviel Arbeit, ich könnt nicht selber abkommen."

Ich blickte etwas erstaunt und beunruhigt von meinem Buche auf. Ich kannte den mürrischen alten Waldhüter recht gut. Wie oft hatte ich mich als kleines Mädchen vor seinem großen, rostigen Schnurrbart gefürchtet, wenn er uns beim Beerensuchen auf verbotenen Plätzen überraschte und uns mit seinem Brummbaß aufschreckte und davonjagte.

Jetzt freilich hatten wir ihn nicht mehr zu fürchten; denn er war schon seit etwa zwei Jahren nicht mehr im Dienst. Das Reißen in den Füßen sei zu arg, meinte er, deshalb könne er nicht mehr stundenlang im Walde umherlaufen. Der alte Christian Merkenthin war zur Witwe Klemm draußen in die Vorstadt gezogen. Zu ihm sollte ich nun gehen.

Ich nahm Hut und Mantel vom Riegel und machte mich gehbereit. „Wenn du dem Christian ein wenig Gesellschaft leisten willst, kannst du das gern tun", sagte meine Mutter noch, indem sie mir sorglich die Pakete in den Arm legte, „um sechseinhalb Uhr wird beschert, da mußt du wieder hier sein." Ich nickte still und sagte ihr Lebewohl.

An den beiden verschneiten Kornmühlen vorbei, die leise im Winde knarrten, kam ich mit rotgefrorener Nase und steifen Fingern endlich bei dem Häuschen der Witwe Klemm an, wo mich ein kleiner, schwarzer Spitz mit wütendem Gebell ansprang. Die Frau des Hauses, die auf sein

Kläffen herauskam, rief ihn zurück. Auf meine Bitte führte sie mich die steile Holztreppe hinan auf den kleinen, mit frischem Sand bestreuten Flur, wo sie an eine Tür klopfte. Ohne lange das „Herein“ abzuwarten, öffnete sie.

Dichter Tabaksqualm umfing mich, als ich zögernd nähertrat und die Tür hinter mir zuzog. Zuerst sah ich weiter nichts als die mir wohlbekannte aufrechte Gestalt mit der Jagdjoppe und den hohen Wasserstiefeln, die er, wie ich sah, auch im Hause trug. Auf sein knurriges, doch nicht gerade unfreundliches: „Na, was bringst denn du?“ kam ich mutig näher und legte meine Pakete auf den Tisch.

„Das schickt Euch Mutter, Herr Merkenthin, und ihr möchtet es nicht übelnehmen, wenn sie diesmal nicht selber käme, es wäre zuviel im Hause zu tun.“

Der Alte hatte unterdessen die Stolle ausgewickelt und die Strickjacke und die Strümpfe mit kritischen Blicken gemustert. Er legte alles wie zärtlich unter den kleinen Tannenbaum, der auf einem weißen Tuche auf der Kommode stand.

Meine Augen hatten sich indessen an den Rauch gewöhnt, und ich ließ sie nun in dem kleinen Zimmer umherwandern. Neben mir lag eine große, graue Katze zusammengerollt und schlief. Ich streichelte ihr dickes Fell. Da erhob sie sich langsam, machte einen Buckel und gab mir deutlich zu verstehen, daß sie noch mehr gestreichelt sein wollte. In demselben Augenblick flatterte etwas über mir, und als ich hochsah, kam ein größerer Vogel und setzte sich auf meine Schulter.

Der alte Christian drehte sich um und brummte: „Magst du Tiere leiden?“ Ich nickte eifrig und stand ganz still, um den kleinen Gast auf der Schulter nicht zu verscheuchen. Des Alten Stimme wurde jetzt etwas sanfter: „Ich mag eigentlich keine Vögel im Zimmer; was in den Wald gehört, soll im Walde bleiben, aber der Bengel will nicht wieder fort, obwohl der gebrochene Flügel lange auskuriert ist. Es ist ein Star und ein kluger Vogel“, fügte er hinzu, und ich sah, wie seine Augen liebevoll nach dem Tierchen hinblickten.

„Verträgt er sich denn mit der Katze?“ fragte ich.

„Oh, mein Peter weiß schon, wie weit er gehen darf“, knurrte der Alte, „und allein laß ich die beiden nicht, einer von ihnen spaziert in die Küche, wenn ich fortgehe; aber nun setz dich doch auf das Sofa, du hast einen weiten Weg gehabt in der Kälte, ich will dir was Warmes zu trinken holen.“

Er verschwand durch die Tür, und ich streichelte abwechselnd den Vogel, der ruhig auf meiner Schulter blieb, und die Katze, die sich wohlig an meinem Ärmel rieb. Christian kam mit einem Glase Milch aus der Küche, legte einen Pfefferkuchen auf ein vergoldetes Tellerchen, das er aus der obersten Kommodenschublade nahm, und reichte mir beides.

Der alte Christian sah befriedigt zu, wie ich schluckweise trank und meinen Pfefferkuchen mit der Katze und dem Star teilte. Plötzlich sagte er: „Hast du Zeit, eine Stunde mit mir in den Wald zu gehen? Du kannst mir tragen helfen.“ Ich nickte und sah ihn erwartungsvoll an. „Nun ja“, fuhr er fort, als er meine fragenden Augen sah, „nun ja, die Tiere sollen doch auch wissen, daß Weihnachten ist.“ Damit nahm er den Starmatz von meiner Schulter, ging in die Küche, und ich hörte an seinem Zureden, daß er den Vogel in sein Bauer sperrte.

Mir brannten die Backen vor Freude; ich ahnte wohl, was der alte Waldhüter, der sein halbes Leben in der Gemeinschaft mit Tieren des Waldes zugebracht hatte, tun wollte, und ich war glücklich, dieser seltsamen Bescherung beiwohnen zu dürfen.

Als der alte Christian gleich darauf mit seiner Pelzmütze, den Wasserstiefeln und einem Sack über der Schulter wieder in die Wohnstube trat, glich er ganz und gar einem Weihnachtsmann, und ich ließ mir wie im Traum den vollbepackten Henkelkorb über den Arm hängen. Er nahm noch einen Spaten und mehrere Tannenzweige mit und schritt mir voran und die Treppe hinab. „Adjes, Frau Klemm“, rief er durch die halboffene Küchentür seiner Wirtin zu, „in ein bis zwei Stunden bin ich wieder da.“

„Gut, Herr Merkenthin", klang es zurück, und ich ging und öffnete die Haustür. Der Spitz ließ uns mit leisem Knurren hinaus.

Die Sonne neigte sich schon tief nach Westen und stand wie eine dunkelrote Scheibe am Himmel. Ein kühler Wind strich über die Felder. Wir mußten am Ortskirchhof vorbei, und mein Blick streifte die in tiefen Schnee gebetteten Gräber. Der alte Christian war stehengeblieben. „Warte ein paar Minuten", sagte er, „ich bin gleich wieder hier." Damit stellte er den Sack neben mich, nahm den Spaten und die grünen Zweige und verschwand hinter der eisernen Pforte. Ich sah ihm nach. Ein Schwarm Krähen flog bei seinem Eintritt in die Höhe, und ich verfolgte mit meinen Blicken die Vögel, wie sie krächzend dem Walde zuflogen.

Aus dem Hause des Totengräbers, der ein Stück weiter die Straße hinauf wohnte, klang plötzlich zweistimmig: „O du fröhliche, o du selige, gnadenbringende Weihnachtszeit", und mein bewegliches Kinderherz wurde hell und weihnachtsfröhlich, als gäbe es keine Kirchhöfe und keine hungrigen Krähen auf der Welt.

Jetzt kam auch der alte Christian zurück, aber ohne die grünen Zweige. „Hab meiner guten Frau und der kleinen Käte da drin bloß sagen wollen, daß ich am Weihnachtsabend an sie denke", brummte er, nahm, ohne mich weiter anzusehen, seinen Sack auf und ging etwas schneller als vorher dem Walde zu.

Ich ließ ihn vorausgehen und horchte auf den Klang des Weihnachtsliedes, der noch eine ganze Weile mit uns ging. Mir war, als wäre ich in der Kirche. Ich hätte dem alten Manne, der seine liebsten Menschen hatte begraben müssen und nun allein unter dem Weihnachtsbaum stehen würde, so herzlich gern etwas Liebes gesagt; aber ich wußte nicht, wie ich das beginnen sollte, und so ging ich schweigend hinter ihm her.

Der Wald, der sich jetzt vor uns ausbreitete, kam mir in seiner weißen Einsamkeit fast schöner vor als im Sommer. Der Wind hatte sich gelegt, wir hörten nur den weichen

Ton unserer Schritte und dann und wann ein leises Knacken im Holze, das von dürren Ästen herrührte, denen die Schneelast zu schwer geworden war.

Christian blieb stehen. „Nun wollen wir unsere Weihnachtstische herrichten“, sagte er, nahm seinen großen Sack von der Schulter und band ihn auf. Was da nicht alles zum Vorschein kam! Hammer und Zange, Bindfaden und Nägel, Messer und Schere! Wozu er wohl alle die Strohmatten und zugespitzten Stäbe brauchen würde, die er aus den Tiefen des Sackes hervorholte? Meine Neugierde sollte bald gestillt werden, denn ich mußte meinen Korb hinsetzen und ihm bei seiner wunderlichen Arbeit behilflich sein.

Da, wo dichtes Astwerk den Schnee abgefangen hatte, so daß der Boden nur wenig damit bedeckt war, bauten wir unsere Speisekammer. Zwei Ecken einer Matte banden wir etwa meterhoch an einem Baumstamm fest, während die beiden anderen Ecken auf zwei in der Nähe eingebohrten Pfählen befestigt wurden.

So entstand ein gedeckter, kleiner Raum, der den hungrigen Tieren gut zugänglich war. Wir säuberten ihn vollends vom Schnee, und nun kam auch mein Korb und sein Inhalt an die Reihe. „Hier am Waldrand hält sich Meister Lampe gern auf“, sagte der alte Christian. Dabei langte er Kohlblätter und Rüben aus dem Korbe, um sie dem Häschen aufzubauen und in etwa seinen Winterhunger zu stillen.

Alle fünfhundert Schritt etwa schufen wir ein neues Tischleindeckdich. Aber nicht bloß für die Hasen, auch für die Vögel wurde liebevoll gesorgt. Futterkästchen mit allerlei Samen, Sonnenblumen- und Kürbiskernen wurden in Ast und Strauch untergebracht. Talgklöße und Speckschwarten, ja ein paar Gänsegerippe und Bratenkeulen mußten sich die Bäume aufbinden lassen. „Die sind für die Meisen und Spechte, auch für die Rotkehlchen und das andere kleine Viehzeug, denen der Flug übers Meer zu weit ist“, meinte der Christian; „hoffentlich naschen ihnen die Krähen und Dohlen nicht das Beste weg.“

So stapften wir weiter durch den dichten Schnee.

Während unser Gepäck immer leichter wurde, wurden unsere Herzen immer heller und weihnachtsfreudiger, und ich weiß nicht, wie es kam, plötzlich war mir das schöne Lied auf den Lippen, und ich sang es leise vor mich hin: „Es ist ein Reis entsprungen, aus einer Wurzel zart … „

Das Schönste vom Tage sollten wir aber noch erleben. In einer Lichtung stand plötzlich ein großer Hirsch vor uns, und mehrere junge Hirsche und Hirschkühe kamen hinter ihm her. Er hob den Kopf mit dem schönen Geweih und sah uns klug und furchtlos an. Auf das leise Pfeifen des Alten kam er zutraulich näher und das ganze Rudel mit ihm. Wir warfen ihnen Brot und Kartoffeln zu, die sie sogleich verzehrten. Ja, der große Hirsch wurde so dreist, daß er aus meiner ausgestreckten Hand ein Stück Brot nahm, und ihr könnt euch gewiß denken, wie sehr ich mich darüber freute.

Das schrille Geläute eines Schlittens, der auf der nahen Landstraße daherkam, ließ unsere lieben Gäste jäh auffahren und die Flucht ergreifen. Ich sah ihnen bedauernd nach. „Sie finden schon her“, sagte Christian, „hier ist seit vielen Jahren ihr Futterplatz.“

Nun sah ich erst, daß etwa hundert Schritt von uns ein kleines festes Strohdach auf Pfählen aufgerichtet war und daß noch geringe Futterreste verstreut umherlagen. Mein Begleiter nahm aus dem Korbe reichlich Roßkastanien, Eicheln, getrocknete Lupinen und das noch übrige Brot und baute es dem Wilde als Weihnachtsgabe auf.

Es war auch mittlerweile Zeit geworden, an den Heimweg zu denken. Die Sonne war lange untergegangen, und nur der Schnee leuchtete uns aus dem Dickicht hinaus. Es war empfindlich kalt geworden, ich schlug den Mantelkragen hoch und steckte die fast erstarrten Hände in die Ärmel.

„Komm nur, Kleine“, tröstete mich mein Begleiter. „Der Schneiderwirt wohnt nicht weit von hier, der hat einen feinen Schlitten, und hastenichtgesehn sind wir zu Hause. Das wäre doch noch ein Extraweihnachtsspaß, wie?“ Und damit zog er mich frierendes Menschlein durch das Gewirr der Stämme auf nur ihm bekannten Pfaden vorwärts, und bald waren wir auf der Landstraße. Hier grüßte uns schon von weitem das grüne Licht einer Laterne, die zum Wirtshaus zum Bären gehörte. Peter Holtzen, ein früherer Schneider, hauste darin, und man nannte ihn in der ganzen Gegend den Schneiderwirt. Wir traten mit Behagen in die warme Wirtsstube, und die gute Mutter Holtzen zog mir gleich die nassen Schuhe und Strümpfe aus und hing sie über die Messinghaken, die in den riesigen grünen Kachelofen eingeschraubt waren. Meine Füße steckte sie in warme Pantoffeln, brachte mir eine Tasse heiße Milch, und nach ein paar Minuten wußte ich nichts mehr von Frost und Kälte.

Der alte Christian trank ein Glas Warmbier, rauchte dazu sein Pfeifchen und plauderte mit Peter, dem Schneiderwirt.

„Bis 'ne wackre Dirn", sagte der alte Christian zu mir, als wir eine halbe Stunde später in dem hübschen Wirtsschlitten unter lustigem Geläute nach Hause fuhren, „bis 'ne wackre Dirn. Du kannst das Vater und Mutter extra bestellen und schönen Dank dazu." Damit sprang er vor seiner Tür aus dem Schlitten, winkte noch mal mit der Pfeife, und der Kutscher fuhr weiter meinem elterlichen Hause zu.

Ich lief die Treppe hinauf und fiel meiner Mutter um den Hals. Mein Herz war zu voll: erst nach und nach konnte ich von allem erzählen. Aber nie zuvor hatten mir die Lichter am Tannenbaum so hell gestrahlt, und nie zuvor hatte ich Eltern und Geschwister so liebgehabt wie an diesem Weihnachtsabend!

Zwischen dem alten Christian und mir entspann sich seit jenem Tage eine wirkliche Freundschaft, die bis zum Tode des alten Mannes dauerte. Oft saß ich an freien Nachmittagen in seinem Stübchen. Ich las ihm die Zeitung vor oder beschäftigte mich mit seinen Haustieren, für die ich meist diesen oder jenen Leckerbissen bereithielt.

Manch echtes und kluges Wort ist damals aus dem Munde des alten Christian in meine Seele geglitten und hat dort eigene Weihnachtskerzen angezündet, die hell und lieblich auf meinen Lebensweg leuchteten.

Frohe Ungeduld – du leuchtest weithin

Hans Zappe

Ich sehe ein Licht brennen, eine Stearinkerze, und der rötliche Flackerschein der Flamme schaukelt die Dunkelheit in der Schlafstube. Die Mutter sitzt auf dem Bettrand und flicht ihr dunkelbraunes Haar in Zöpfe, denn sie trägt das Haar gescheitelt und einen Kranz.

„Mama?"

„Du solltest noch schlafen", erwidert die Mutter. „Es ist noch sehr früh."

Ich weiß es, denn der Laden ist noch nicht geöffnet. Die Glocke hat noch keinmal angeschlagen, was sie doch tut, wenn der Vater die Tür zur Straße öffnet.

„Ist heute Weihnachten?" frage ich trotz der Vermahnung. Wenn heute Weihnachten ist, dann wird die Mutter nicht schelten.

Die Mutter nickt nur. Ihre Hände hantieren geschickt mit Zopf und Haarnadeln. Sie hat es eilig, es gibt viel, sehr viel zu tun. Das Bassin der Petroleumlampe neben der brennenden Kerze ist leer, also ist sie sehr spät erst schlafen gegangen.

„Wenn der Tag vorbei ist, dann fängt der Heilige Abend an", sagt die Mutter schließlich und seufzt ein wenig. „Das dauert noch lange, und du solltest schlafen, sonst bist du am Abend müde."

Ach, ich kann mir nicht denken, daß ich je an solchem Tage müde werden könnte! Schon jetzt bin ich ganz aufgeregt, und wie soll das am Abend anders sein können? Aber ich sage nichts. Ich bin so glücklich, daß nun endlich Weihnachten ist. Mir kommt es vor, als hätte ich nicht einen Tag länger warten können. Die Spannung ist zu groß.

Ich schaue ins Licht. Die Flamme ist so heiß und so hell, wie mein kleines Herz es jetzt ist. Es kann die Freude kaum fassen und möchte daran schier verbrennen.

Ob die Mutter begreifen kann, wie schön dieser Morgen für mich ist? Ich werde ihn nie vergessen! Und in der Tat, ich habe ihn nicht vergessen.

Eine meiner frühesten Kindheitserinnerungen ist dieses Erwachen am Heiligen Abend in der halbdunklen Stube hinter dem Laden meiner Eltern. Die frohe Ungeduld – sie leuchtet noch heute in mir. Ich habe nichts vergessen. Ich bin noch einmal das Kind, der kleine Knabe, der ins breite Bett der Mutter gekrochen ist und nun hellwach träumt von der Herrlichkeit, die ihm Weihnachten ist.

Ich bin so wach, daß ich mein Gedicht aufsagen könnte. Da ich noch nicht schreiben kann, hat es die Schwester auf einen sauberen Bogen geschrieben und auf Pappe aufgezogen. Ich habe oben einen Engel mit Gummi arabicum aufgeklebt und unten links einen Tannenzweig. Das Kunstwerk will ich meinen Eltern als Geschenk überreichen. Es wurde sorgsam versteckt, wobei es leider ein wenig angeknickt wurde. Man sieht es nur auf der Rückseite.

Die Mutter hat recht, daß der Tag bis zum Abend lang ist. Es ist aber auch für uns Kinder noch genug zu tun. Der Weihnachtsbaum ist noch nicht aufgestellt! Er muß noch geputzt werden! Ist das überhaupt an einem Tage zu schaffen?

„Was willst du denn?“ fragt die Mutter. Ich war schon mit den Füßen aus dem Bett, so drangsalierte mich der Gedanke, daß wir nicht fertig werden würden.

„Der Baum!“

Jetzt lächelte die Mutter.

„Alles zu seiner Zeit“, meinte sie. „Er steht auf dem Hof, und es nimmt ihn keiner weg.“

„Darf ich diesmal die Wasserwaage holen?“

Immer war ich bisher zu klein dazu, aber heute wollte ich darum kämpfen, es tun zu dürfen. Die Wasserwaage vom Tischler nebenan zu holen, was für eine großartige Bevorzugung! Man durfte sie natürlich nicht fallen lassen. Aber das war es ja gerade: diese Verantwortung, die derjenige hatte, der ausgezeichnet wurde, das schwere Holz, das einem Balken ähnelte, herbeizuschaffen. Wie die Waage funktionierte, begriff ich noch nicht ganz. Im viereckigen, glatt gehobelten Holz war eine Glasröhre eingelassen, die mit Wasser gefüllt war bis auf eine Luftblase. Und an der Luftblase konnte man feststellen, ob die Kiste, auf die der Weihnachtsbaum gestellt wurde, waagerecht stand. Es mußte ganz genau stimmen, und zwar wegen der Spieluhr.

„Wirst du sie auch nicht fallen lassen?" fragte die Mutter.

Ich konnte vor Aufregung nicht antworten, sondern nur energisch den Kopf schütteln. Die Frage bedeutete ja, daß die Mutter es heute erlauben würde! Und wenn es die Mutter erlaubte, wer würde es mir verbieten können?

Meine Vorfreude schwoll wie ein Bach im Frühlingsregen. Das wurde ein wunderschönes Fest!

Ich würde in das Nachbarhaus stürmen, in die Tischlerwerkstatt, und den Meister um die Wasserwaage bitten. Der würde Augen machen! Hoffentlich würde er sie mir überhaupt aushändigen. Aber, ich würde sagen, die Mama hätte es erlaubt, und dann würde er es tun. Natürlich würde ich mit dem schweren Holz vorsichtig nach Hause gehen. Wenn es nur recht viele Kinder sehen würden, daß ich die Waage im Arm hatte! Der Stolz blähte mich bereits. Und dann würde ich auch diesmal sicher die Kistchen mit dem Christbaumschmuck in die Weihnachtsstube tragen dürfen. Sie standen auf einem hohen Regal und mußten mit der Stehleiter heruntergeholt werden. Das machte der große Bruder. Die Stehleiter kippelte stets bedenklich, aber Bruno sang dann auf der obersten Stufe:

„Und schwankt mein Schiff auf hoher See,
ich klettre in des Mastkorbs Höh'."

Er wollte zur See gehen, und er tat sein Möglichstes, damit die Stehleiter noch mehr schwankte. Die Mutter durfte dieses halsbrecherische Kunststück nicht sehen. Nach dem Schaukeln reichte er sehr gnädig die Kistchen herab. Sie hatten Schiebedeckel und waren alle aus Leipzig gekommen. In ihnen wurden die homöopathischen Medizinen verschickt, die der Vater, ein leidenschaftlicher Anhänger Hahnemanns, verarztete. Das Studium der dicken Bücher über Homöopathie war sein Steckenpferd. (Im Ernstfall holte er stets den Sanitätsrat.)

In den Kistchen befand sich der Weihnachtsschmuck vieler Jahre, auch ererbter Schmuck. Er zeigte alle Wandlungen des Geschmacks. Wir störten uns nicht daran, ob das eine zum anderen paßte. Ich wäre unglücklich gewesen, wenn jemand den silbernen Pappschwan oder das bunte Äffchen mit dem Pappwedel, das mit einer Nadel auf das Zweigende gespießt wurde, fortgenommen hätte. Es gab Monde und Laternen, Krippen aus Engelshaar und glitzernde Lampen aus Watte mit roten Papierschirmchen. Irgendwer hatte sie einmal schön gefunden und gekauft, und nun gehörten sie für immer dazu. Sie wurden angehängt, und dann glitten sie unter zarter Musikbegleitung vorüber ... Denn der Baum drehte sich auf der Spieluhr!

Es war die mühevolle Arbeit der Großen, den Baum so in die Weihnachtsuhr hineinzupassen, daß er beim Sichdrehen nicht hin und her schwankte wie ein schlecht aufgezogener Brummkreisel. Deshalb mußte die Kiste, auf der er stand, haargenau ausgerichtet sein. Auch mußte das Gleichgewicht durch den Baumbehang gewahrt oder erst hergestellt werden.

„Er kippt! Er kippt!" Ach, das waren aufregende Augenblicke, ehe der Baum so ausbalanciert worden war, daß es eine Freude war, seinem Tanz auf der Stelle zuzusehen. – Ich sah alles vor mir, wie es sein würde. Und doch war es dann immer noch schöner, als ich es mir ausmalen konnte. Ich liebte den grünen Nadelbaum, seinen pyramidenförmigen Wuchs. Ich war so klein, und er war so riesengroß. Als er vom Weihnachtsmarkt geholt wurde, ging ich hinter ihm her und legte meine Kinderhand auf seinen dicken Stamm, wo er aus dem dichten Gezweig herausschaute. Ich beschlagnahmte ihn für mich. Aber Bruno, der ihn trug, jagte mich wieder fort.

„Wird er viele Lichter haben?" fragte ich die Mutter, die jetzt aufgestanden war und im Zimmer umherging, wobei ihr Schatten an den Wänden wuchs und zusammenschrumpfte.

„Das bestimmt der Vater", gab sie zur Antwort.

Für uns Kinder war es ein großer Augenblick, wenn der

Vater das Paket mit den Lichtern hereinreichte in die Weihnachtsstube und sagte: „Acht Lichte sind genug" oder „Heute mal zehn Lichte!" oder „Ein ganzes Dutzend könnte einmal nicht schaden . ." Was für ein Jubel in solchem Fall! Damals kannte ich die Bedeutung dieser Aussprüche noch nicht. Erst später wurde mir klar, daß die Zahl der Lichte am Weihnachtsbaum gleichbedeutend waren mit dem Stand des Weihnachtsgeschäftes. In guten Jahren waren es viel Kerzen und in schlechten nur gerade so viele, daß die Zweige erhellt waren. Und auch die Qualität der Kerzen richtete sich nach dem Verdienst.

Für mich strahlte der Baum bereits im schönsten Glanz. Ich hatte noch keinen Begriff von Konjunkturen.

Und dann das Singen der Spieluhr. Es gab ja noch kein Radio, nicht einmal ein Grammophon, und selbst ein Klavier hatten wir nicht. Doch in den Weihnachtstagen sang die Uhr, und wir sangen mit ihr.

Sie hatte einen lieblichen Klang. Sie spielte mit Harfentönen „O, du fröhliche..." und „Stille Nacht, heilige Nacht" und begleitete unser Singen. Es kam nicht darauf an, daß ihr Lied und das unsrige übereinstimmten. Wir sangen durcheinander, sozusagen über- und untereinander. Wir sangen auch „Ihr Kinderlein kommet", wenn sie die anderen Melodien spielte, und es war doch die schönste Harmonie.

Die Mutter war inzwischen angezogen, sie blies die Kerze aus. Ich kroch unter das Deckbett, während die Tür klappte.

Es war sehr dunkel und sehr still.

Da sagte ich leise, leise den Anfang meines Weihnachtsgedichtes her:

„Du lagst auf hartem Stroh,
mein liebes Jesulein, und machtest mich so froh
in meinem Herzen klein ..."

Ob er es hören würde? – –

Frohe Ungeduld – du leuchtest weithin.

Bisweilen wurde die Ungeduld ein leidenschaftliches Begehren, ja, eine Forderung. Als Zwölfjähriger hat man schon Ansichten und bestimmte Wünsche. Und mein Wunsch war eine Dampfmaschine.

Damals war das technische Spielzeug noch nicht so vollendet wie heute, und es gab wenig Auswahl. Eine Dampfmaschine schien mir der Gipfel der vollkommenen Technik.

Ich stand vor jedem Schaufenster und spähte nach Dampfmaschinen aus. Die Preise erschütterten mich, aber sie erschütterten nicht mein Verlangen.

„Muß es denn eine Dampfmaschine sein?" fragte die Mutter.

Ich nahm diese Frage schon übel. Wie konnte man sich etwas anderes wünschen! Ich war kein „kleines Kind" mehr, das sich ein Schaukelpferd bestellte und mit einem Baukasten zufrieden war. Ich gab aus Trotz gar keine Antwort mehr, wenn der Versuch unternommen wurde, mir einzureden, es gäbe so viele Dinge, die ich notwendig brauchte.

Ich sah nicht die Kummerfalten meiner Mutter, auch die Sorgen auf der Stirn meines Vaters wollte ich nicht bemerken. Das Geschäft ging schlecht. Zeitweise mußten die Sparbüchsen als Einlage benutzt werden, wenn eine unerwartete Rechnung kam. Überall wurde gespart, und selbst der Weihnachtsbaum war diesmal kleiner und nicht so voll wie sonst. Dafür war er billig. „Ein mickriger Besen", sagte Bruno.

Die Dampfmaschinen in den Spielwarengeschäften glänzten und funkelten. Kostspielige Exemplare standen hinter dem Schaufenster eines Optikerladens. Ich konnte stundenlang davorstehen und jede Einzelheit der zauberischen Maschine in mich hineinsaugen. Für mich kam nur eine aufrecht stehende Dampfmaschine in Frage. Sie mußte ein großes Schwungrad haben und eine vernickelte Pfeife mit ebenholzschwarzem Hebel. Alle Schulkameraden erzählten davon, wie herrlich es sei, eine solche Pfeife in Betrieb zu setzen. Man hörte es im ganzen Hause, wenn die Maschine lief. Und dann gab es eine Menge von Objekten, die eine Maschine in Gang setzen konnte: eine Säge, ein Hammerwerk, eine Windmühle, einen Bagger. Eine Transmission sorgte dafür, daß alle diese Arbeitsmaschinen zu gleicher Zeit in Gang gesetzt werden konnten. Ein Junge hatte gesagt: „Ich bin der Generaldirektor." Generaldirektor – wenn man das einmal sein dürfte!

Stolzes Jahrhundert mit deinen Dampfmaschinen! Was für eine Kraft der Dampf hatte! Überall schlummerte die Energie, man mußte nur den Dreh wissen, um sie sich dienstbar zu machen. Die ungeahnten Möglichkeiten der Technik können einen Zwölfjährigen verzaubern und – störrisch machen. Ich stopfte mir die Ohren zu, wenn es hieß, der Gabentisch würde diesmal sehr karg ausfallen. Meinetwegen sollte nichts weiter darauf sein, nur meine Dampfmaschine durfte nicht fehlen.

Um meinen Wünschen neue Nahrung zu geben und ihnen den Rücken zu stärken, geschah es nun, daß der Briefträger einen umfangreichen Weihnachtsprospekt einer großen Versandfirma ins Haus brachte. Er war überreich bebildert, und an Dampfmaschinen in allen Größen war kein Mangel darin. Ich war in der Lage, jedem meine Wünsche direkt unter die Nase zu halten. Und das tat ich mit Ausdauer und einer Unverfrorenheit, die ihresgleichen suchte. Eine andere Erklärung gab es nicht mehr: ich war von meiner Idee besessen!

Eines Tages sah ich, wie die Mutter aus der Stadt mit einem größeren Paket heimkam. Sie versuchte, es vor mir zu verbergen, aber es gelang ihr nicht, obwohl ich so tat, als sähe ich nichts. Die Dampfmaschine war angekommen! Ich sah nicht das verhärmte Gesicht meiner Mutter, als sie die gestopften Handschuhe auszog. Sie hatte sich allzusehr versäumt, denn sie war von Laden zu Laden gelaufen.

Ich war wie umgewandelt. Der kindische Trotz war gewichen, seitdem er sein Ziel erreicht hatte. Eine Art Beseligung machte mich auf eine Weise umgänglich, wie ich sie nicht an mir kannte. Nun zählte ich die Tage bis Weihnachten. Meine Ungeduld war froh, und sicher leuchtete sie mir aus den Augen.

Endlich kam der Heilige Abend. Das Geschäft hatte sich auch in den letzten Tagen nicht erholt, und der „mickrige Besen" mußte sich mit sechs Wachskerzen der billigen Sorte begnügen. Der Baum hatte so kurze und dünne Zweige, daß der Christbaumschmuck nur zu einem Teil auf ihm Platz fand. Die Weihnachtsuhr lief so schnell, daß einem beim Tanz des Baumes beinahe schwindlig werden konnte. So stand schließlich der Baum mehr, als daß er sich drehte, weil ihn niemand mehr aufzog. Mich focht das nicht an. Ich wartete nur auf die Dampfmaschine.

Bei der Bescherung bedeckte sie ein dicker Bogen Packpapier. Erst wurden die Lieder gesungen und die Gedichte aufgesagt. Ich weiß nicht, irgendwie mißtraute ich plötzlich der Tarnung: konnte sich darunter mein Traum, meine Sehnsucht verbergen?

Wir wünschten den Eltern ein frohes Fest, dann sagte die Mutter zu mir:

„Leicht ist es uns nicht geworden, aber wir wollten, daß du dich freuen solltest."

Ich griff nach dem Packpapier, aber – vielleicht war es das Gedränge der Geschwister um den Gabentisch – der Bogen glitt von selber herab, ehe ihn noch meine Hand erreichen konnte.

Die Dampfmaschine präsentierte sich, als sei sie feierlich enthüllt worden.

Wortlos stand ich da. Meine Kehle verengte sich, meine Augen begannen zu schmerzen, als wollten sie aus den Höhlen treten. In meinem Kopf schlug eine grausame Hand alles zusammen, was ich als Traum aufgebaut hatte. Es war eine Dampfmaschine, aber was für eine …

Sie stand nicht aufrecht wie die viel Bewunderte am Kanal, wenn sie Pfähle in den morastigen Untergrund einrammte. Sie war nicht schwarz, hatte keine glänzenden

Nickelteile, und eine Pfeife fehlte völlig. Was war eine Dampfmaschine ohne Pfeife!

Das Ding da vor mir auf dem Tisch hatte einen unscheinbaren kleinen Kessel, der auf einem Unterbau von Blech lag, das kaum Farbe zeigte. Das einzige, was glänzte, war ein dünnes Messingrohr, das den Kessel mit dem Schwungrade verband. Was für ein mickriges Schwungrad! Und der alberne Schornstein stand schief.

Die Mutter stand hinter mir. Sie konnte mein Gesicht nicht sehen. Sie glaubte wohl, ich sei starr vor Staunen, weil ich nicht nach dem Geschenk griff. Und jetzt flüsterte sie:

„Es ist ein Gelegenheitskauf. Alle anderen waren so furchtbar teuer. Der Schornstein . . „

Ich hörte nicht mehr, was mit dem Schornstein war. Mein eitler Wunschtraum war mir eingestürzt. Ich mochte das Ding gar nicht anfassen. Mir wäre recht gewesen, wenn jetzt der Weihnachtsbaum in Flammen gestanden und der Brand die ganze Stube samt Dampfmaschine verwüstet hätte. Alle Freude war dahin, und im Grunde meines Herzens war ich ratlos und tief verstockt.

Was würde nun werden?

Da geschah etwas Seltsames. Wenn ich daran denke, bin ich noch immer sprachlos darüber. Ich glaubte später, ein Weihnachtsengel hätte meine hilflose Lage gesehen und Mitleid mit meiner grenzenlosen Enttäuschung gehabt. Ich war ja noch ein dummer Junge, der das Leben nicht kannte. Jedenfalls erlöste er mich aus meiner Starre und zeigte mir, daß auch in den unscheinbaren Dingen die Kraft der Schöpfung stecken könne.

Es war Bruno, der statt meiner nach der Dampfmaschine griff und sie vom Gabentisch nahm, um sie auf ein Seitentischchen zu stellen. Er war gespannt, ob und wie sie gehen würde.

Ich ließ ihn gewähren, was ich sonst nicht getan hätte. Und er war eifrig bei der Sache, füllte den kleinen Spiritusbehälter, goß Wasser in den Kessel, hob den wackelnden unnützen Schornstein herunter, so daß die Maschine wie gerupft aussah, und steckte schließlich mit dem Streichholz die „Feuerung“ an. Es war alles sehr primitiv, aber das „Feuer“ brannte. Noch immer sah ich ziemlich teilnahmslos zu, worüber sich die Mutter wundern mochte. Oder ahnte sie etwas?

Der Kessel brauchte seine Zeit, ehe das Wasser kochte. Aber dann stießen kleine Dampfwölkchen aus dem Rohr, und eigentlich mußte das Schwungrad sich nun drehen. Es fiel ihm gar nicht ein. Bruno half mit dem Zeigefinger nach. Es machte pff … pff … pff … Aber dann stand es still. In mir hohnlachte es. Ein Gelegenheitskauf, hahaha! Für mich gerade gut genug. Ich wandte mich ab, ich konnte es nicht mehr mitansehen.

Da – hinter mir raste etwas! Es ratterte wie eine Nähmaschine. Das Schwungrad drehte sich mit einem tollen Wirbel! Die ganze Maschine zitterte, und Bruno hielt das Brettchen fest, auf dem sie aufmontiert war. Sein Gesicht lachte, die anderen kamen herbei und staunten und jubelten. Die Dampfmaschine raste, als stecke der Teufel in ihr. Oh, diese Energie in dem kleinen Ding! Das war wunderbar. Sie brüstete sich mit ihrer Kraft. Sie hob sich über sich selbst hinaus. Ich war erschrocken, ich war gerührt. In einem unerhörten Leerlauf gab die Dampfmaschine ihre Energie her.

„Wenn wir eine Transmission hätten“, bemerkte ich sachverständig, „dann könnte sie arbeiten.“

Die Mutter wollte wissen, was eine Transmission sei. Dann lächelte sie leise und meinte beiläufig, der Weihnachtsmann sei vielleicht schon unterwegs, der sie bringe. Und das war auch der Fall. Verwandte hatten sich erboten, sie zu schenken.

Oh, dann war alles vollständig. Es kam wirklich nicht so sehr auf die Pfeife an und auch nicht darauf, daß die Maschine einen stehenden Kessel hatte. Das Vergnügen an ihr war nicht weniger groß. Meine Freude machte mich nachgiebig, duldsam und brach meinen störrischen Trotz. –

Als ich im Bett lag und mir das Bild der kleinen, tüchtigen Maschine, die mit ihrem braven Funktionieren mich umgekrempelt hatte, vor den geschlossenen Augen schwebte, da schüttelte es mich plötzlich, und ich begann haltlos und ohne Laut in die Kissen zu weinen. Ich großer Junge war von meiner Dampfmaschine beschämt worden! Ich fühlte, wie ich in einem Strom der Liebe eingebettet war, ohne mein Verdienst. Ich war es nicht wert, so geliebt zu werden.

Ich wußte noch nicht, daß diese Erfahrung das schönste Weihnachtsgeschenk war.

Das Weihnachtswunder

Christian Ryke

Der erste Advent war gekommen. Kerzengeschmückte Tannenkränze hingen von der Decke, und das Adventsbäumchen trug den Duft des kommenden Weihnachtsfestes in unsere Herzen. Jetzt wurde es geheimnisvoll und aufregend. Silberne und goldene Papiersterne wurden ausgeschnitten, Nüsse vergoldet, Weihnachtslieder eingeübt, und in jedem Zimmer saß ein fleißiger Bastler, Maler oder Komponist tiefgebückt über dem Werk seiner Hände. Der Familienchor trat zusammen, und das Posaunensextett übte Advents- und Weihnachtslieder.

Dann kam der St.-Nikolaus-Tag. Am Abend vorher war die Familie in der Küche versammelt, und jeder putzte seine Stiefel so glänzend blank, daß Nikolaus bestimmt nichts an ihnen auszusetzen fand. Bei uns herrschte die Sitte, daß wir Kinder am Vorabend des Nikolaustages die wohlgeputzten Schuhe vor unsere Schlafzimmertür stellten, um sie am anderen Morgen wohlgefüllt mit einem großen Pfefferkuchenmann, einer Birkenrute und einem Verschen wiederzufinden, in welchem die Schandtaten unseres jungen Lebens gereimten Ausdruck fanden.

Stefans und Thomas' Geburtstag ging vorüber, Johannes', Benjamins und Margits, alle fünf hatten im Dezember Geburtstag, und eines Morgens wachten wir frohgestimmt auf. Es war der vierundzwanzigste Dezember, Heiligabend!

Für welches Kinderherz ist dieser Tag nicht Höhepunkt und Erfüllung aller Sehnsüchte und geheimen Wünsche! Ist es nicht, als wenn die Geburt jenes Kindes im Stalle von Bethlehem vor allem die Seelen der Kinder bewegen würde! Schimmert nicht der wundersame Glanz des Sterns der Weisen aus den leuchtenden Augen der Kleinen, von denen Jesus sagte: „Wer das Reich Gottes nicht empfängt wie ein Kindlein, der wird nicht hineinkommen?“

Aber für unsere Eltern war dieser Tag gar nicht so einfach. Auch ihr Herz war erfüllt von der frohen Botschaft und der Freude über die Geburt des Herrn. Doch, ach, der Geldbeutel war leer, und der Hände, die empfangen wollten, waren so viele! Natürlich brauchte niemand zu hungern, und die Geschenke für die Hausgenossen ruhten längst in wohlverschlossenen Truhen. Aber für uns Kinder sah es diesmal böse aus, und die Eltern wußten, wie wir uns auf die Bescherung spitzten.

So sehe ich eines schönen Weihnachtsmorgens die Mutter weinend im Schlafzimmer sitzen. Dies Jahr sah es ganz besonders böse aus. Durch einen Küchenbrand waren alle Schuhe der Kinder vernichtet, das schöne Rosenthalservice war durch die Unachtsamkeit unseres Mädchens entzwei gegangen; schließlich hatte Vater noch mit seinem Gehalt bei einer Zwangsversteigerung einspringen müssen, kurz, Mutter wußte nicht, wo sie ein Geschenk für uns Kinder hernehmen sollte. Unsere Sparbüchsen waren längst geleert, das beim Kartoffelklauben verdiente Geld in Geschenken für die Eltern angelegt; es war trostlos.

Nur Vater war still und gelassen. Er strich der weinenden Mutter übers Haar und sagte: „Wenn Gott will, so werden die Kinder beschert werden, glaube nur!“ Mutter blickte ihn aus feuchten Augen liebevoll an und sagte leise: „Verzeih!“

Ich will nicht leugnen, daß wir Kinder betrübt die Köpfe hängen ließen, als die Eltern uns sagten, daß wir heute vielleicht unbeschert bleiben würden. Aber als der Tannenbaum geschmückt wurde, und großflockiger Weihnachtsschnee auf Dorf und Äcker herniederschwebte, stimmten wir fröhlich unsere Instrumente und lieblich klang es durchs Haus:

„Süßer die Glocken nie klingen
als zu der Weihnachtszeit,
’s ist, als ob Engelein singen
wieder von Frieden und Freud.“

Plötzlich schellte lang und stürmisch die Türglocke. Wir rissen die Tür auf, niemand war zu sehen! Aber davor stand dickverschneit eine mächtige Kiste. Das Wunder war eingekehrt. Jubelnd schleppten wir die Kiste ins Haus und öffneten sie. Nein, liebe Leute, was kam da alles zum Vorschein! Der oder die unbekannten Spender – ich hatte die alte Dame aus der Eisenbahn im Verdacht, die uns damals so staunend betrachtete – hatten an jeden gedacht.

Da war für jeden ein Paar derbe Schuhe und Strümpfe. Schokolade, Nüsse und Äpfel. Für Gerald ein Paar Schlittschuhe und für Thomas eine Eisenbahn. Für Margrit und Betty ein Rodelschlitten und für Eva eine Klavierschule. Für Maria ein hauchdünnes Teeservice und für mich eine Flöte. Für Georg eine dicke Marzipanwurst und für Johannes eine Mundharmonika. Und schließlich für die beiden Kleinen ein Brummkreisel und ein riesiger Teddybär, der richtig stehen und knurren konnte. Es war überwältigend.

Für die Eltern lag auch allerlei in der Wunderkiste. Für Mutter ein schwarzseidenes Kleid und für Vater eine warme Weste, ja, selbst an Molli war gedacht, denn eine duftende Salamiwurst trug die Aufschrift: „Dem treuen Wächter."

Mutter und Vater hatten Tränen in den Augen, und Vater faltete bewegt die Hände und sagte: „Der Herr ist mein Hirte; mir wird nichts mangeln." Und wie das immer so ist, wenn das Füllhorn des Segens sich ausschüttet, es klingelte zum zweiten Male, und diesmal stand der Kutscher des Grafen draußen und brachte ein schönes Stück Damwild, das mein Taufpate geschossen hatte. So wurde gerade dies Weihnachtsfest so reich an Gaben und Freuden wie keins zuvor.

Ein Weihnachtsfest, das mir in tiefster Erinnerung geblieben ist, war das Fest, an welchem meine erste Komposition, ein Marienlied, aufgeführt wurde, dessen Text ebenfalls von mir stammte. Angeregt durch altdeutsche Marienbilder, hatte ich die Mutter Gottes geschildert, wie sie, von blühenden Rosen umgeben, das heilige Kind wiegte. Eine, wie ich glaube, innige Melodie ließ das mütterliche

Glück, den strahlenden Sonnentag und das zärtliche Wiegen des Kindes offenbar werden. Je mehr das Lied fortschritt, um so ernster wurde es. Sah doch Maria, als sie auf die roten Rosen blickte, schon die Dornenkrone, die einmal die weiße Stirn ihres Kindes mit purpurnen Blutstropfen bedecken würde.

Musikalisch hatte ich das so gemacht, daß ich Streicher, Bläser und Sänger in der ersten Strophe zu voller Harmonie zusammenfaßte. Bei fortschreitendem Liede fiel eine Stimme und ein Instrument nach dem anderen aus, und zum Schluß klangen nur noch Margrits und Bettys Stimmen mit Lautenbegleitung ganz zart durch den kerzenschimmernden Raum.

Vater schüttelte dem jungen Komponisten und Dichter kräftig die Hand, Mutter umarmte mich gerührt, ich war sehr verlegen. Ein Glück, daß die Bescherung der Hausgenossen und dienstbaren Geister begann, die, wie an allen Festen, so auch am Weihnachtsfest teilnahmen.

Die Bescherung spielte sich üblicherweise so ab, daß nach dem Gottesdienst Mutter und Vater im Weihnachtszimmer die Geschenke aufbauten, während wir in der Küche ungeduldig warteten. Schließlich, nach langer, allzu langer Zeit, ertönte ein Glöckchen, wir ordneten uns zum Gänsemarsch, voran die beiden Kleinsten, und unter den Klängen des Liedes „Ihr Kinderlein kommet" zogen wir erwartungsfreudig in das Weihnachtszimmer ein.

Eine Silbertanne breitete ihre blauschimmernden Zweige vom Boden bis zur Decke, mit roten und weißen Kerzen besteckt. Unter dem Baum stand die Krippe, mit Moos verkleidet. Da zogen die Wunder des Morgenlandes am Jesuskind vorbei, Elefanten, Kamele, Dromedare, Mohrenknaben und die Heiligen Drei Könige. Maria, im blauen Gewand, lächelte auf das Kind nieder, während Josef, auf seinen Stab gestützt, geruhsam das liebliche Bild betrachtete.

Das Bläsersextett stellte sich auf, die Kleinen lagerten sich vor der Krippe, und die Hausgenossen nahmen auf Sofa und Stühlen Platz. Eva setzte sich ans Klavier, und wie vor Jahrhunderten erklang das alte vorreformatorische Lied:

„Es ist ein Ros' entsprungen
aus einer Wurzel zart,
wie uns die Alten sungen;
von Jesse kam die Art
und hat ein Blümlein bracht
mitten im kalten Winter
wohl zu der halben Nacht."

Dann las Vater die Weihnachtsgeschichte, deren Schluß nach einer bestimmten Reihenfolge von uns Kindern gesprochen wurde. Und wenn unser Benjamin mit glänzendschwarzen Augen in unbeholfener Kindersprache die Worte stammelte: „… un Friede auf Erden un den Menzen ein Wohldefallen", dann mag dies kindliche Gebet im Herzen Gottes einen größeren Widerhall gefunden haben als manch unvernünftige Bitte eines Menschenkindes, das meint, man brauche nur zu fordern und Gott nur zu geben.

Jetzt kamen wir mit unseren Vorführungen und Einstudierungen an die Reihe. Jeder hatte etwas gemalt, gedichtet, gebastelt. Eva spielte ein Konzertstück, und Johannes blies ein Flügelhornsolo. Die Bläserkapelle intonierte alte, rhythmische Weihnachtsweisen, und der Familienchor, verstärkt durch Streicher und Blockflöten, sang eine Weihnachtskantate. Mit dem Lied „Herbei, o ihr Gläubigen, fröhlich triumphieret" schloß der „offizielle" Teil der Feier.

Nun folgte die Bescherung. Klopfenden Herzens zogen wir die Tücher von den verdeckten Tischen und bewunderten unsere Geschenke. Die Hausgenossen – Waschfrau, Flickfrau und Mädchen – schlugen die Hände zusammen über die schönen, praktischen Dinge, die da zum Vorschein kamen, und manche Träne floß. Wir Kinder aber waren bereits in lebhaftem Tauschhandel begriffen. Der eine aß lieber Nüsse, der andere lieber Marzipan; der eine spielte lieber mit Pferd und Wagen, der andere mit der Eisenbahn. So fand schließlich jeder das Geschenk, das ihm am meisten zusagte.

Dann wurden die Eltern vor ihren Gabentisch geführt,

gerührt über den Ideenreichtum unserer Kartoffelklaubergeschenke. Die Kunstwerke der Maler in der Familie wurden Vaters scharfer Kritik unterzogen; Pferde wurden zu Katzen erklärt und Kühe zu Pferden. Aber da Vater listig dabei schmunzelte, nahmen wir die Kritik nicht tragisch, Mutter lobte dafür um so mehr.

Zum Abendessen gab es Kakao und Kuchen, dann ging es bald ins Bett, mußten wir doch zu der Frühmette am nächsten Morgen schon zeitig aus den Federn.

Eine Christmette in einer verschneiten Dorfkirche . . Da ist es noch tiefdunkel, die Sterne flirren fern und unnahbar am blausamtenen Himmelsdom, ein eisiger Wind fegt über die Straße, und Glockentöne verschweben zitternd in der nach Schnee riechenden Luft. Wir wanderten dick eingemummelt zur Kirche. In den Händen tragen wir lange Kerzen, die uns Licht spenden sollen in der Dunkelheit, denn elektrisches Licht gibt es nicht in unserer rührend kleinen Dorfkirche.

Das Kirchenportal steht weit offen, und schweigend setzen wir uns auf die „Pastorenbank“ seitwärts am Altar. Die Kerzen werden entzündet, schon kommt der Kirchendiener mit einer langen Stange, an der vorn ein brennendes Licht befestigt ist, um die Kerzen am riesigen Tannenbaum zu entzünden, der vorm Altar steht. In allen Bänken flammen jetzt die mitgebrachten Lichter auf und erleuchten die guten, derben Gesichter unserer Bauern und Waldarbeiter, Knechte und Tagelöhner, Mädchen und Frauen. Frierend hockt der alte Kantor Knabe auf der Orgelbank, die blaugefrorenen Hände reibend, und der „Pustejunge“ tritt ächzend den Blasebalg. Zitternd setzt die Orgel ein, und aus rauhen Kehlen braust es durch das Backsteingewölbe:

„Lobt Gott, ihr Christen allzugleich,
in seinem höchsten Thron,
der heut schleußt auf sein Himmelreich
und schenkt uns seinen Sohn.“

Wir stecken die kleinen Hände tiefer in den Pelzmuff. Der Atem steht wie eine weiße Fahne vor unseren Mündern. Die Kerzen flackern.

Vaters Predigt ist kurz und herzbewegend, der Hauptteil des Gottesdienstes ist an diesem Tag dem Gemeindegesang gewidmet. Und so klingen all die alten und neuen Weihnachtslieder, an denen unsere Kirche so reich ist: „Vom Himmel hoch, da komm ich her“, das „Kinderlied auf die Weihnacht Christi 1535“ von unserem Reformator Martin Luther; „Kommt und laßt uns Christum ehren“, von Paul Gerhardt; „Brich an, du schönes Morgenlicht“ vom Dichter der Freiheitskriege, Max von Schenkendorf; der alte Kölner Psalter „Zu Bethlehem geboren ist uns ein Kindelein“ aus dem Jahre 1638; das nach dem lateinischen „Adeste fideles“ gedichtete machtvolle Lied „Herbei, o ihr Gläubigen“; die altböhmische Christweise „Kommet, ihr Hirten, ihr Männer und Fraun“, und schließlich das Lied, ohne das ein Weihnachtsfest nicht mehr denkbar erscheint:

„Stille Nacht, heilige Nacht!
Alles schläft, einsam wacht,
nur das traute hochheilige Paar,
holder Knabe im lockigen Haar,
schlaf in himmlischer Ruh,
schlaf in himmlischer Ruh!“

Die Christmette ist beendet. Die brennenden Kerzen in den kalten Händen, strömen die Menschen durch das Portal. Der Wind hat sich gelegt, silberweiße Flocken schweben langsam und feierlich zur Erde. Die goldenen Sterne blitzen, überall schimmern die zuckenden Kerzen durch die Dunkelheit, unsere Herzen sind übervoll. Weihnacht, du Fest des Friedens, durchglühe unsere Herzen und Seelen und mache sie offen für Not und Sorgen all der Armen und Kranken, die nicht wie wir mit glänzenden Augen in den Kerzenschimmer blicken!

Arme und Kranke! Wir hatten sie nicht vergessen! Was wäre ein Weihnachtsfest ohne die Freude, anderen vom

Reichtum mitteilen zu können, Leidenden und Sterbenden das Licht zu bringen, das vom Stall von Bethlehem seinen Ausgang nahm und seit zwei Jahrtausenden die Welt erhellt.

So wanderten wir mit Körben und Paketen durch das tiefverschneite Dorf, kehrten im Armenhaus und in manch armseliger Hütte ein und erfüllten das Gebot der Schrift. „Was ihr getan habt einem unter diesen meinen geringsten Brüdern, das habt ihr mir getan." Schöner als diese Gaben aber war die Freude, die wir mit unseren Blasinstrumenten, Geigen und Lauten in die Hütten der Armen trugen.

Es war Weihnachtsabend, als wir zum erstenmal das von mir komponierte und gedichtete Marienlied aufführten. Wir saßen beim Abendbrot und futterten mächtig nach all der Aufregung. Da ging die Türklingel, und der alte Herr Müller kam herein mit betrübtem Gesicht, seine Schwester liege im Sterben.

Der alte Herr Müller war Junggeselle, ein komischer Kauz mit borstigem Igelkopf. Wir wußten, was der Tod seiner stillen Schwester für ihn bedeutete. Hatte er doch niemand, der für ihn den Haushalt führte.

Vater blickte uns an.

Da standen wir schweigend auf, nahmen Hörner, Geigen und Lauten unter die Arme und folgten Herrn Müller und den Eltern in die Winternacht.

Als wir in das Zimmer der Sterbenden traten, lächelte sie nur noch schwach und flüsterte: „Mir ist ganz gut, Herr Pfarrer, ich bin ja nun bald im Himmel, aber mein armer Bruder, was soll aus dem werden!"

„Machen Sie sich darum keine Sorgen", antwortete Vater, „wir werden ihren Bruder nicht verlassen."

Die Sterbende lächelte dankbar. Dann sah sie uns mit den Instrumenten in der geöffneten Tür. Ihr Gesicht leuchtete. „Lassen Sie die Kinder ein Weihnachtslied spielen, Herr Pfarrer", bat sie mühsam, „ich möchte bald einschlafen!"

Mutter stellte das Adventsbäumchen neben das Bett der Kranken, zündete die Kerzen an, und während die Sterbende mit glänzenden Augen in den Lichterschein blickte, begannen wir leise zu singen und zu spielen:

„Maria wiegt im Rosenhag
unter Blüten das heilige Kind,
um ihr seidenes Goldhaar ein Sonnentag
einen schimmernden Schleier spinnt.
Eia Maria, eia Marein,
Wiege das heilige Kindelein,
eia, eia, eia Marein,
wiege das heilige Kindelein.

Wie klingende Wellen eines goldklaren Baches strömten die Strophen dahin. Leiser und leiser wurde die Melodie. Instrument um Instrument verstummte. Und als Margrit und Betty zart und rein die Schlußstrophe anstimmten, war die Kranke unhörbar hinübergegangen in jenes Land, in dem es keinen Schmerz und keine Tränen mehr gibt.

Der alte Herr Müller schluchzte wie ein Kind. Aber als er auf das verklärte Gesicht der Toten blickte, drückte er uns tapfer die Hände. Wir aber wandten uns ergriffen ab, er sollte nicht sehen, daß auch uns die Tränen in den Augen standen.

Neujahrslied

Paul Gerhardt

Nun laßt uns gehn und treten
Mit Singen und mit Beten
Zum Herrn, der unserm Leben
Bis hieher Kraft gegeben.

Wir gehn dahin und wandern
Von einem Jahr zum andern,
Wir leben und gedeihen
Vom alten zu dem neuen.

Durch so viel Angst und Plagen,
Durch Zittern und durch Zagen,
Durch Krieg und große Schrecken,
Die alle Welt bedecken.

Denn wie von treuen Müttern
In schweren Ungewittern
Die Kindlein hier auf Erden
Mit Fleiß bewahret werden.

Also auch, und nichts minder,
Läßt Gott uns, seine Kinder,
Wenn Not und Trübsal blitzen,
In seinem Schoße sitzen.

Ach, Hüter unsers Lebens,
Fürwahr! es ist vergebens
Mit unserm Tun und Machen,
Wo nicht dein Augen wachen.

Gelobt sei deine Treue,
Die alle Morgen neue!
Lob sei den starken Händen,
Die alles Herzleid wenden.

Laß ferner dich erbitten,
O Vater, und bleib mitten
In unserm Kreuz und Leiden
Ein Brunnen unsrer Freuden.

Gib mir und allen denen,
Die sich von Herzen sehnen
Nach dir und deiner Hulde,
Ein Herz, das sich gedulde.

Schleuß zu die Jammerpforten
Und laß an allen Orten
Auf so viel Blutvergießen
Die Friedensströme fließen.

Sprich deinen milden Segen
Zu allen unsern Wegen,
Laß Großen und auch Kleinen
Die Gnadensonne scheinen.

Sei der Verlaßnen Vater,
Der Irrenden Berater,
Der Unversorgten Gabe,
Der Armen Gut und Habe.

Hilf gnädig allen Kranken,
Gib fröhliche Gedanken
Den hoch betrübten Seelen,
Die sich mit Schwermut quälen.

Und endlich, was das meiste,
Füll uns mit deinem Geiste,
Der uns hier herrlich ziere
Und dort zum Himmel führe.

Dieß alles wollst du geben,
O meines Lebens Leben,
Mir und der Christenschar
Zum selgen neuen Jahr!

Weihnachten in Brandenburg

Gundel Paulsen

Vieles trug sich in Brandenburg zu Weihnachten ähnlich zu wie andernorts auch. Hier soll aber versucht werden, die Besonderheiten für diese Region – natürlich sind die Grenzen dabei fließend – deutlich werden zu lassen, die sich aus unterschiedlichem Brauchtum, einer anderen geschichtlichen Entwicklung und landschaftlichen Eigenheiten ergeben. Darüber hinaus sollen Schriftsteller und Dichter vorgestellt werden, die hier lebten und leben.

Für das früher zu Brandenburg gehörende Berlin – die Stadt wurde 1920 als selbständige Provinz ausgegliedert – hat besonders der Weihnachtsmarkt immer wieder zu Erzählungen angeregt. Seine Entstehung, eng verknüpft mit der Geschichte des Weihnachtsfestes und seiner Geschenksitten wie auch der Entwicklung zum Familienfest, wurde ausführlich behandelt in dem parallel erschienenen Band „Weihnachtsgeschichten aus Berlin“, ebenso wie die sich Ende des 18. Jahrhunderts entwickelnden Weihnachtsausstellungen.

Die ältesten Nachrichten zum Weihnachtsfest betreffen Weihnachtsspiele und reichen bis ins Mittelalter zurück. Durch mimische Darstellungen wurden die christlichen Feste dem Volke nähergebracht. Nach der Einführung der Reformation 1539 kam das lateinische Schuldrama in die Mark (Niederdeutsche Zeitschrift für Volkskunde, 1930). Aus dem 16. Jahrhundert sind drei märkische Weihnachtsspiele überliefert. Das erste Christgeburtsspiel „Ein seer schön und nützlich Spiel von der lieblichen Geburt unsers Herrn Jesu Christ“ von Henricum Chnustinum (Knaust) wurde vermutlich am 6. Januar 1541 im Rathaus von Kölln nahe der Petri-Kirche aufgeführt. Das Spiel des Spandauer Predigers Christophorum Lasium „Ein gar schön herrlich new Trostspil noch niemals in Druck gekommen. Von derr Geburt Christi und Herodis

Bluthundes“ wurde am 2. Februar 1549 in einer Kirche aufgeführt.

Das dritte Spiel, „Eine kurtze Comedien von der Geburt des Herrn Christi“ führten 1589 Prinzen und Prinzessinnen und andere adlige Kinder am Hofe des Kurfüsten Johann Georg auf. Dieses Weihnachtsspiel, das bis 1820 verschollen war, schrieb man dem Berliner Domküster Georg Pondo zu, möglicherweise ist aber auch der Berliner Valentin Rehefeldt, der 1599 der Kurfürstin Elisabeth als Prinzenerzieher auf ihren Witwensitz nach Crossen folgte, der Verfasser.

Der Theaterzettel – es soll der älteste in deutscher Sprache sein – nennt drei Söhne und zwei Töchter in den Hauptrollen; Friedrich Markgraf zu Brandenburg, erst 18 Monate alt, als Christkind. Einmalig dürfte an diesem Theaterzettel sein, daß in kunstvoll verschnörkelter Schrift die Namen der Darsteller groß vor ihren dahinter in kleiner Schrift aufgeführten Rollen stehen. Das Spiel ist in märkischer Mundart geschrieben; ein Zeichen dafür, daß auch nach der Bibelübersetzung ins Hochdeutsche die Umgangssprache am Hof Plattdeutsch war.

Die beiden Kinder Bernhard von Nötschow und Christoffell von Horn führen als Hirten folgenden Dialog miteinander:

Bernhard:
Gi Knechte, gedenkt, hefft gude acht
Thu dem vih, in disser kolle nacht.

Christoffel:
Was uns geburdt, das thun wier gern,
Hilff Gott, wi dutt die Kolle so weh.

Bernhard:
Ick gleub, dat nich Elenger Lüde
Gefungen werden, dise Thide
Den die in sottener angst vndt Noth,
Erwerwen müten dedt tegeliche Brodt.

Bi dage vnde nacht hebbe ick kene rhu
Dett richten mii die skenkige wölffe thu,
Bin Ick nicht wackendt alle thidt,
So kost et meinen skepken ir hütt.
Itzt thutt ick tu dem ersten mahll,
Dett klingen müten berch unde thall.
Gewes geff acht up min Hörne,
Dett thudt den skenigsken wulwen törn.
Thutte gegen mi tum engermall,
Dar bliwet ken wulff da öwerall.

Als sich die Hirten niederlegen, heißt es in der Bühnenanweisung dazu: „Allhie fehett ein Engell aus der Musiken folgenden gesangk an zu singen, welchen die anderenn mit den Instrumenten hergegen andtworten: „Ihr Christenleutt, habt Itzundt freudt ...“ Am Schluß der Erscheinungsscene: „Musica. Allhier fehret ein gepaptes Engellchen sampt zween Sternen mit Raköttchen an einer Leinen herunter, davon die Hirten furchtsam und Erschrocken sein.“ Nach der Anbetung der Hirten am Schluß des Aktes heißt es: „Allhier Bereiten die drey Engelein den Kindlein Jesus essen, wermen In die windelein, undt beschenken es mit allerley spillwergk.“ Die Heiligen drei Könige bringen den Globus gleich mit, um den Stern überm Stall begutachten zu können, wohl bezeichnend für die damalige Zeit, in der Astrologie großgeschrieben wurde. Da heißt es „Bei Erscheinungk des New Sterns: Hie fahen Hochgedachte Konnige ahn zu rechnen, Ob es ein Natürlicher Stern sey undt besehen ihre Globos coelestes ob er darin zu finden sey.“ (Weihnachtszauber, Hamburg o. J.)

In der zweiten Hälfte des 19. Jahrhunderts wurde das Stück in Berlin noch mehrfach aufgeführt.

Wesentlich schlichter war ein Kinder-Katechismus, der 22 Jahre später, 1611, bei Hofe aufgeführt wurde. Er hielt sich streng an die heilige Schrift und wurde mit verteilten Rollen ebenfalls von Prinzen und Prinzessinnen in Form von Frage und Antwort aufgeführt.

Schon im Mittelalter wurden die Weihnachtsspiele von

Jugendlichen häufig mit allerhand Allotria nachgeahmt und begannen auszuarten, so daß es schon 1574 zu folgender Verordnung kam: „Also soll auch der Rath die bösen Buben, so in der Christnacht und Osternacht in den Kirchen alle Büberey treiben, durch die Stadt-Diener herausjagen oder in die Thürme setzen lassen, damit Zucht und gute Disciplin in den Kirchen erhalten und die Gottesfürchtigen an ihrem christlichen Gebete nicht mögen gehindert, noch sonst geärgert werden."

Nach der schweren Zeit des Dreißigjährigen Krieges wurden die Weihnachtsfeste aber bald wieder ausgelassener.

1680 äußerte sich der Konrektor Georg Grabow vom Gymnasium in Kölln an der Spree besorgt in seiner Schrift „Danck-Opffer", daß sich allenthalben in den Städten, in Häusern und auf Gassen Groß und Klein, Alt und Jung für den heiligen Christ ausgeben. Das Volk liebte diesen Spaß und vollführte „bey der finstern Abendzeit herumb" einen Höllenlärm. „Was müssen sie (die Juden) gedencken von unserm Messias, wenn sie unsern heiligen Christ sehen und hören daher kommen, in Begleitung vieler Jungen und Mägde, mit Spießen und mit Stangen, mit vielen Schellen, mit großem Geschrey und Klatzschen der Peitsche." Im Jahre 1686 erließ der Große Kurfürst (1640–1688) wieder ein Verbot gegen die Weihnachtspossen.

„Unsern Gruß zuvor, Ehrwürdige, Ehrenfeste, Wohlgelahrte, Weise, gute Gönner und Freunde, etc. Nachdem viele Prediger und andere vielfältig geklaget, daß gegen die Weihnachts-Feste mit dem sogenannten heiligen Christ umgehen viel sehr ärgerliche Dinge vorkommen, sogar Comödien und Possensspiele dabey gemachet und getrieben werden; Se. Churfl. Durchl. unser gnädigster Herr, aber solche Aergerniß durchaus abgeschaffet wissen wollen; Als befehlen Namens Deroselben Wir Euch solche Aergerniß gäntzlich abzuschaffen, und darüber ernstlich zu halten. Es geschieht daran Sr. Chf. Durchl. Wille und wir seynd Euch mit Freundschaft gewogen." Cölln an der Spree, den 17. Dezember 1686.

Nur ein Vierteljahrhundert später wurde wieder eine Verordnung notwendig. Friedrich I. von Preußen (1701–1713) erließ sie am 18. Dezember 1711.

„Von Gottes Gnaden, Friedrich, König in Preußen etc ... Weil mit denen Lichter-Cronen auf dem Christabend viel Gaukeley, Kinder-Spiel und Tumult getrieben wird; als befehlen wir Euch hiermit nicht allein solche Christ- und Lichterkronen gäntzlich abzuschaffen, sondern auch die Christ-Messen nicht des Abends, sondern des Nachmittags um 3 Uhr zu halten. Daran geschieht Unser Wille, Und seynd euch mit Gnaden gewogen."

Sein Nachfolger Friedrich Wilhelm I. befahl 1739 sogar die Kirchen „wegen der Christ-Abend-Ahlfanzereien", bei denen „die Leute mit Kronen, oder auch Masken vom Engel Gabriel, Knecht Ruprecht usw. gegangen ... den Tag vor Weihnachten die sämtlichen Kirchen des Nachmittags schließen zu lassen und keine Christabend- und Christnachts-Predigten zu halten."

Die brennend auf Stöcken durch die Straßen getragenen Lichterkronen bedeuteten für die vielen Holzhäuser eine zu große Gefahr.

Auch unter Friedrich dem Großen mußte die Militärbehörde 1783 gegen die mit in die Christmette genommenen Lichter einschreiten. Der vernünftige Teil der Einwohner habe schon lange die Abschaffung der „läppischen und unanständigen Gebräuche bey der Christmesse gewünscht, da man für dem Geräusch den Prediger nicht hören können, den Gottesdienst am Tage zum Spiel für die Kinder und einige gleich gesinnte alte Leute werden lasse."Am 13. August 1784 wurde daher verfügt, „daß zur Vermeidung aller Unordnungen und Gelegenheit zu Beschwerden die Christ Messe hier künftig um 2 Uhr angehen solle, damit alles um 4 Uhr abgethan seyn u. also die zur Besorgniß gereichende Anzündung der kleinen Lichte wegfallen möge."

Trotz aller Verbote hatten sich die Weihnachtsspiele über zwei Jahrhunderte gehalten. Sie verloren aber an Reiz, je mehr sich das Schauspiel entwickelte, und wurden schließlich zu einer Belustigung des einfachen Volkes. In einer Berliner Monatsschrift aus dem Jahre 1784 heißt es:

„In der Hauptstadt sind nur noch für den Pöbel die Verkleidungen geblieben; und ich wünsche nicht, daß man sie ihm nähme. Warum soll er nicht bei den Vorstellungen von Herodes, den der Teufel mitten in seinem Staatsrathe zum bethlehemitischen Kindermorde beredet, indeß sein guter Engel ihn warnt, oder von den drei Königen aus Morgenland, wovon der eine ein Mohr ist, oder auch vom schönen Engel Gabriel, oder vom fürchterlichen Knecht Rupprecht; warum soll er bei diesen Vorstellungen nicht, nach Belieben, Lachen oder Schrecken oder Glauben empfinden dürfen, indeß wir vor unserer regelmäßigen Bühne tödtliebe Langeweile empfinden? Ich habe mehrere jener grotesken Spiele angesehen, einige Verse vorzüglich des Teufels waren drollig genug ... nur daß die itzigen Schauspieler (gemeiniglich Kinder aus den Vorstädten) ihre Rollen, die ihnen nur durch Tradition überkommen sind, immer mehr verderben und verkürzen." (Der Bär, illustrierte Wochenschrift für die Geschichte Berlins und der Mark, 1886)

Die Lichterkronen, von denen schon in mehreren Verboten die Rede war – sie tauchen 1685 auch in den Rechnungen der Klosterkirche auf (in dem Archiv der Nikolai-Kirche in Berlin heißt es unter Ausgaben „Pro Wachslichte, so im Heyligen Weihnachtsfest, am Neuen Jahrestage und am Fest der Heyligen drei Könige auf der einen Krohne verbrannt worden") –, sind die Vorläufer des Weihnachtsbaumes. Erst mit der Verbreitung des Tannen- oder Weihnachtsbaumes, der besonders in Brandenburg und Berlin seinen Vorläufer in den Pyramiden und Lichterkronen hatte, entwickelte sich das Weihnachtsfest in seiner heutigen Form zur häuslichen Feier.

In der Literatur wurde eine Weihnachsfeier in Berlin mit einem lichtergeschmückten Tannenbaum in der Novelle „Nußknacker und Mausekönig" 1816 von E. T. A. Hoffmann erstmalig geschildert: „Am 24. Dezember durften die Kinder des Medizinalrats Stahlbaum den ganzen Tag über durchaus nicht in die Mittelstube hinein, viel weniger in das daranstoßende Prunkzimmer ..." Voller Sehnsucht warten Fritz und Marie auf die Bescherung. Dann war es ihnen „als rausche es mit linden Flügeln um sie her und ließe sich eine ganze ferne, aber sehr herrliche Musik vernehmen. Ein heller Schein streifte an der Wand hin; da wußten die Kinder, daß nun das Christkind auf glänzenden Wolken fortgeflogen war zu anderen glücklichen Kindern. In dem Augenblick ging es mit silberhellem Ton: klingling, klingling. Die Türen sprangen auf, und solch ein Glanz strahlte aus dem großen Zimmer hinein, daß die Kinder mit lautem Ausruf: Ach! – Ach! wie erstarrt auf der Schwelle stehen blieben. Aber Papa und Mama traten in die Türe, faßten die Kinder bei der Hand und sprachen: ‚kommt doch nur, kommt doch nur, ihr lieben Kinder, und seht, was euch der heilige Christ beschert hat.' ... Der große Tannenbaum in der Mitte trug viele goldne und silberne Äpfel, und wie Blüten und Knospen keimten Zuckermandeln und bunte Bonbons, und was es sonst noch für schönes Naschwerk gibt, aus allen Ästen. Als das Schönste an dem Wunderbaum mußte aber wohl gerühmt werden, daß in seinen Zweigen hundert kleine Lichter wie Sternlein funkelten und er in sich selbst hinein- und herausleuchtend die Kinder freundlich einlud, seine Blüten und Früchte zu pflücken."

Erst 1851 aber, als mit der Eisenbahn die Tannen und Fichten aus Thüringen befördert werden konnten, hielt der eigentliche Weihnachtsbaum in Berlin in größerem Umfang seinen Einzug, wo er dann auf dem Markt angeboten wurde. Der „Danneboom" der Mark Brandenburg war zunächst die heimische Kiefer gewesen, die sich vom Wuchs her aber nur schlecht eignete. So griff man vielfach zum „künstlichen" Tannenbaum, der Pyramide, die in Berlin und Brandenburg zuerst auftauchte.

„Vor allem prangt von grünem Bux ein Wäldchen Pyramiden", heißt es in dem Gedicht „Der heilige Abend vor Weihnachten" des brandenburgischen Dichters Schmidt von Werneuchen (1795). Auch in der Novelle Ludwig Tiecks „Weihnachts-Abend" (1834) sieht das Kind Minchen im gegenüberliegenden Fenster die „großen Pyramiden mit den vielen, vielen Lichtern". Für sie fällt das Fest bescheiden aus. „Drin", sagt sie zur Mutter, „steht schon der Kuchen und die kleine Pyramide für die paar Wachslichterchen." Ernst Kossak schildert in „Berliner Silhouetten" (1859) wie einer armen Witwe vom Sohn eines wohlsituierten Beamten eine kleine Pyramide angezündet wird. Bei der eigenen Familie jedoch ist der hohe „Tannenbaum mit gelben, dicken Wachsstockenden besteckt und der Hausherr geht, in einen alten Bureaurock gekleidet, aufmerksam um das Wunder von Licht, Borstorfer Äpfeln, vergoldeten Walnüssen und gehenkten Armensündern von Pfefferkuchenmännern, und überwacht es mit der Lichtschere als Feuerwehr." Und beim Gang der ‚Familie Buchholz' über den Weihnachtsmarkt (Julius Stinde 1885) heißt es: „Und wie balsamisch duften die dunklen Tannenbäume, von denen ganze Wälder umherstehen, dazu die maigrünen Pergamiten, aufgeputzt mit buntem Flitter und besteckt mit Lichtern." „Perchtemiten" wurden sie auch in Berlin genannt. Noch 1930 sollen sie dort vereinzelt gebräuchlich gewesen sein, besonders bei den Schiffern auf dem Finowkanal und während der Inflationszeit. (Niederdeutsche Zeitschrift für Volkskunde, 1930).

Nach Alexander Tille hängt die Bedeutung der Pyramide in Berlin damit zusammen, daß durch die große Menschenkonzentration die Bäume dort besonders teuer gewesen seien. Noch 1886 hat man in den Dorfkirchen der Prignitz hängende Pyramiden gehabt. Dort, wo das Geld für metallene fehlte – einige Kirchen in Brandenburg hatten besonders schöne –, fertigte man sie aus Holz.

Der von Theodor Fontane in seinem Roman „Vor dem Sturm" (1878) erwähnte brennende Lichterbaum in Hohen-Vietz im Winter 1812/13 dürfte in der Mark Brandenburg zu der Zeit noch eine Ausnahme gewesen sein.

Wohl erwähnt schon Friedrich der Große einen Fichtenbaum zu Weihnachten, aber ohne Lichter. In einer Verfügung aus dem Jahre 1755 heißt es:

„Die Erdäpfel genießen allhier die Menschen mit großem Appetit und richten selbige auf vielerlei Arten zu. Der gemeine Mann wird sie mehrenteils gesotten mit Salz, teils mit teils ohne Brot essen. Ja man pflegt solche unter das Brot zu backen. Ich könnte auch Exempel anführen, daß Leute zu ettlichen Wochen, ohne Brot zu haben, allein von Erdäpfeln gelebt und sich frisch und gesund dabei befunden. Sie nehmen auch keineswegs soviele Zeit, sie anzurichten, hinweg. Nun ist dieser Vorteil dabei, daß man solche vorerst aufsieden läßt, ehe man dieselben schälet. Als ein lächerlicher Nutzen der Erdäpfel wird beigefügt, daß in hiesigen Gegenden manche Leute um die Weihnachtszeit grüne Fichten in die Stuben bringen und selbige mit vergoldeten Erdäpfeln putzen lassen, um den Kindern eine Gestalt von Paradiesäpfeln vorzuspiegeln."

Hundert Jahre später gibt der Berliner Jugendschriftsteller und Lehrer Ferdinand Schmidt (geb. 1816 Frankfurt/Oder) in der „Norddeutschen Jugendzeitung" folgende Beschreibung eines Tannenbaumes: „Die Wittwe und ihr Töchterlein" werden von wohlhabenderen Nachbarn weihnachtlich überrascht. „Plötzlich sahen Mutter und Kind einen hellen Schein an der Wand. ‚Was ist denn das?' rief die Mutter erschreckt. ‚Das kömmt ja aus dem Schlüsseloch unserer Tür. Um Gottes willen, es wird doch nicht etwa Feuer ausgebrochen sein!' Schnell öffnet sie die Tür und riß sie weit auf. Da blieben Beide, wie mit einem Zauber berührt plötzlich stehen, ohne eines Wortes, einer Bewegung mächtig zu sein. In der Mitte der Stube, aus der ihnen eine angenehme Wärme entgegen wehte, stand auf dem weißbedeckten und mit Kleidungsstücken, Pfefferkuchen, Äpfeln und Nüssen belegten Tische ein grüner Tannenbaum mit flammenden Blüthen, mit roten und gelben Äpfeln, mit goldenen Nüssen! ... Mit glückseligem Angesicht stand Mariechen vor dem Tische, und die Mutter stand ihr mit gefalteten Händen zur Seite. Hellere Augen blickten wohl nirgends am heutigen Abend zu einem Weihnachtsbaum empor, als es hier in der Dachstube geschah! Auf dem Christbaum schwebte ein schöner Engel mit einer Posaune, und Mariechen war es, als höre sie Musik; ja es kam ihr vor, als tanzten alle Zuckerfische und Zuckerhäschen, alle Pfefferkuchenreiter, ja alle Zuckerthaler, alle Äpfel, alle Nüsse, die am Baume hingen, samt den Flammen auf den grünen Zweigen nach dieser wunderbaren Musik."

In der Uckermark war es üblich, ihn außer mit Äpfeln und mit Rauschgold beklebten Nüssen mit Rosinenketten zu schmücken, so daß er stellenweise Rosinenbaum genannt wurde. (Blicke in das Volksleben der Uckermark, o. J.) „Wenn du mi Rosinen und Backenplumen gewen willst, denn putz ick'n ut" sagt in „Dree Wiehnachten" von Fritz Lening (1885) der Bauer vor Weihnachten zu seiner Frau. Auch H. Lange berichtet aus seiner Kindheit in der Altmark, die früher zu Brandenburg gehörte, in der Zeitschrift „Der Bär" (1880), daß der Baum nach der Menge seines größten Schmucks Rosinenbaum genannt worden sei.

Spät erst hält der Tannenbaum in Berlin wieder seinen Einzug in die Kirche, aus der 1739 die Weihnachtsfeiern verbannt worden waren. 1885 stellte der Prediger Vogel beim Gemeindekirchenrat der Dorotheenstädtischen Kirche in Berlin den Antrag „am Heiligabend d. J. um 5 Uhr eine feierliche Christmette abzuhalten und hierbei in Wiederbelebung einer alten berlinischen Sitte, neben dem Altar rechts und links einen brennenden Christbaum aufzustellen" (Bär, 1886).

Das Quempassingen, im 15. Jahrhundert aufgekommen – ein Wechselgesang von Weihnachtsliedern in der Christmette –, hielt sich trotz vieler Verbote in den Städten der Mark Brandenburg bis ins 20. Jahrhundert. Eine schöne Schilderung dieses alten Brauches verdanken wir Georg Buchmann (geb. 1598 in Züllichau). Er schreibt in seinen „Annales oder Geschichtsbuch und die Chronica der Stadt Züllich", erschienen 1665 in Küstrin:

„Wir armen Schüler waren wohl rechte geplagte Martyrer, dennoch aber hatten wir in unserem Creutze auch allerhand Ergetzlichkeiten, die uns dann wieder aufmunterten und erfrischten. Denn kurz vor Weihnachten frewten wir uns auf das Quem pastores, wenn dasselbige beydes in den Schulen, mit Versuchen, als in den Kirchen, in der Christnacht, würde gesungen werden. Und da wurden die Quem pastores Bücher unter der Zeit mit allerhand Farben gemahlet, zugerichtet und bereitet. Wenn der heilige Abend kam, waren wir bedacht auf die Christ-Fackeln, die wir bei dem Quem Pastores gebrauchen sollten. Und da war der Glöckner, der dieselben geschrenckt, von grün, roth und anderen Farben-Wachse machte und den Knaben umb das Geld verkaufte". Gegen Abend nach der Vesper ging der Heilige Christ „ausgekleidet von Haus zu Haus in der Stadt und in den Vorstädten umher" mit einem „lieblichen Räucherwerk eines Räucherfasses". Die Kinder wurden ihm vorgestellt, mußten beten, und einige bekamen ihr Christgeschenk in Kleidern, damit sie auch an der Feier der Christnacht teilnehmen könnten. „Umb neun Uhr des Abends ward zur Christnacht eingeläutet. Da alsdenn alle Tore geöffnet worden, und kam eine große Menge Volckes zur Kirchen. Und da wurden den Jungfern Christ-Fackeln in ihren Gestühlen fürgestackt von allerhand Farben geschrenkt, von denen, die ihnen etwa gönstig waren: Vnd ward vor eine große Ehre gehalten. Die Knaben aber hatten ihre größte Freude, mit ihren Fackeln das Quem Pastores zu singen. Es wehrte aber dieser Gottesdienst drey gantze Stunden mit singen und predigen, biß umb zwölff umb Mitternacht. Des Morgendes, wie auch den heiligen Abend zur Vesper und Christnacht, wenn die hohe Predigt anging, so sang der Cantor aus der Schulen mit den Schülern in die Kirche das Puer natus in Bethlehem und andere Weihnacht-Gesänge und ging die gantze Kirche herumb mit den Knaben, wie in einer Prozession und wieder zurück in die Schule auff das Chor und fing sich alsdenn erst der Gottesdienst an. Vnd wenn es in der Kirchen ganz aus war und der Segen schon gesprochen worden, ward es auch mit singen auf solche Weise gehalten: Vnd das wehrte alle drey Tage im Feste." (Niederdeutsche Zeitschrift für Volkskunde, 1930)

Eine Verordnung aus Forst in der Lausitz aus dem Jahre 1797, in der auch das Quempassingen verboten wurde, gibt durch die Breite der Verbote ein gutes Bild der Sitten zu Weihnachten:

„Es ist auf landesherrlichen höchsten Befehl zur Verhütung des bei denen Christmetten eingerißenen Unfugs und derer dabey vorgefallenen Unordnungen, auch zu zweckmäßiger Beförderung beßerer Andacht und anständigen Feier der Geburts-Nacht unsers theuersten Erlösers allzeit mittelst Konsistorial-Patents d. d. Forst den 16. Dezember 1790 verordnet worden ...

3) Daß während des Gottesdienstes aller Tumult, sowohl als bisher an Theils Orten getriebener Unfug mit angeputzten Tannenzweigen, sogenannten Hirtenhäusern, erleuchteten Pyramiden, Weltkugeln, Sternen, Schlangen, Fackeln und anderen dergleichen Gaukeleyen und Kinderspielen, selbst wegen besorglichen Feuersgefahr, in der Kirche schlechterdings unterbleiben solle. 4) Daß das Absingen der bisher gewöhnlichen lateinischen Gesänge Puer natus p. Quem pastores p. Nunc angelorum p. weil der gemeine Mann ohnehin davon nichts verstehet, gänzlich abgestellet sein solle. 5) Daß zwar in Forst von dem Stadtpfeifer am heiligen Christtage früh um 4 Uhr wenn es sonst hergebracht sey, auf dem Thurm mit Trompeten und Paucken musiciret werden könne; doch aber 6) das Singen vom Thurme, es sey bisher durch Schüler oder andere Personen geschehen, gänzlich untersagt sein solle. 7) Daß keine Zusammenkünfte in der Christnacht, besonders in denen Bierhäußern und Schenken getattet werden sollen." (Niederdeutsche Zeitschr.) In den vielen im Laufe der Jahrhunderte immer wieder erlassenen Verboten spiegeln sich die Sitten zu der Zeit, in der sie erlassen wurden, wider. Gleichzeitig zeigen sie durch ihre ständige Wiederkehr, daß ein großer Teil auch durch Erlasse nicht zu unterbinden war.

Wohl verschwand die Weihnachtsfeier zu einem Teil aus den Kirchen und den Schenken und verlagerte sich ins Haus, in die Familie, wie die Weihnachtsspiele in etwas anderer Form Anfang des 20. Jahrhunderts eine neue Blüte besonders in Schulaufführungen erlebten. Von den Weihnachtsumzügen blieb in Brandenburg neben den Sternsingern, einer weitverbreiteten Sitte, der Umzug des Schimmelreiters. Bis ins letzte Jahrzehnt des 19. Jahrhunderts soll er in Heiligensee bei Spandau aufgetaucht sein, ähnlich wie in Pommern und Ostpreußen. Dargestellt wurde er von einem Knecht, angetan mit weißen Tüchern. Auch in der Gegend um die Priegnitz und in der Uckermark hielten sich die Umzüge in einigen Dörfern bis in das 20. Jahrhundert. Voran ging die Stutenfrau mit einem mit Gebäck gefüllten Korb. Ihr folgte der Schimmel, vielfach auch der Bär, dargestellt von einem mit Erbsstroh verhüllten Burschen, während ersterer sich mit Sieben und darübergehängten weißen Laken verkleidete. Der Schimmel galt als Glücksbringer. Ihnen folgten die drei „Witten". Wenn dieser Zug sein Gebäck an die Kinder verteilt hatte, erschienen die drei „Schwatten" im Haus, um mit Besen Schnee und Schmutz auszukehren. Kein Glück im folgenden Jahr hatte derjenige, dessen Füße der Besen dabei berührte. Silvester holten sich die Darsteller Kuchen und Trinkgelder als Lohn. Die drei „Witten" erschienen häufig schon einmal mit weißen Tüchern angetan am Nikolaustag als „Vörspöker", um gute Kinder zu loben, schlechte zu tadeln. Der eigentliche Umzug fand dann am Weihnachtstag statt. Die „Sternkieker", Sterndreher oder auch Heiligen drei Könige genannt, kamen in der Uckermark häufig schon in den Tagen vor Weihnachten.

Wie auch in Mecklenburg zogen in der Vorweihnachtszeit oder auch nur zu Weihnachten Gemeinde- oder Gutshirten herum, um Weihnachten „anzututen".

„Negen Abende vär Wiehnachten fing der Gemeindeschäper met sinen Knecht an, den Wiehnachtsmann runder to tüten, denn treckte hä in de Schummerstunne met de ganze Scholjugend dörch de Dörp un wer van de Jungs itzens 'n olt Buckhörn oder'n Trechter updriwen künn, der hilp!" (Dree Wiehnachten, Fritz Lening 1885).

Vielgestaltig wie das Brauchtum in Brandenburg sind die

Themen der Weihnachtsgeschichten. Fast 200 Jahre alt sind das Gedicht von Schmidt von Werneuchen und die Schilderung eines Brandenburgischen Bauern auf dem Berliner Weihnachtsmarkt. Andere Beiträge zeigen die Auseinandersetzung des heutigen Menschen mit Weihnachten in ihren unterschiedlichen Formen. Der Bogen der Weihnachtsgeschichten spannt sich von der einfachen Weihnachtsfeier auf dem Lande bis zu der im kaiserlichen Palais von Potsdam, bekannte Dichter wie Fontane stehen neben solchen Schriftstellern, die heute nahezu vergessen sind. Sie alle zeigen das Fest, das seine Kraft bis in die Gegenwart behielt.

Quellen und biographische Daten

Theodor Fontane: *Verse zum Advent* und *Weihnachten auf Hohen-Vietz*
„Verse zum Advent" aus Theodor Fontane, Werke, Schriften und Briefe, 20 Bände in 4 Abteilungen, Band 6, herausgegeben von Werner Keitel und Helmuth Nürnberger. „Weihnachten auf Hohen-Vietz" aus „Vor dem Sturm", Nymphenburger Verlagshandlung, München 1959 (Kapitel 1, Heiligabend und Kapitel 3, Weihnachtsmorgen).

Theodor Fontane wurde am 30. 12. 1819 in Neuruppin als Sohn eines Apothekers geboren. 1827 übersiedelte die Familie nach Swinemünde, wo er einen Teil seiner Kindheit verbrachte. Das Gymnasium besuchte er in Neuruppin und die Gewerbeschule in Berlin. Nach einer Apothekerlehre war er als Apotheker, u. a. in Leipzig und Berlin, tätig, wo er 1847 sein Pharmazeutenexamen ablegte. Von 1855–1859 leitete er in London die im Auftrag von O. von Manteuffel erscheinende deutschenglische Korrespondenz und war später von 1860–1870 zehn Jahre lang Redakteur des englischen Teils der „Kreuzzeitung" in Berlin. In den Feldzügen von 1864, 1866,1870/71 war er Kriegsberichterstatter. Von 1870–1889 schrieb er dann für die „Vossische Zeitung" Theaterkritiken. Er starb am 20. 9. 1898 in Berlin. Theodor Fontanes Schilderungen in den „Wanderungen durch die Mark Brandenburg", in denen in die Gegenwartsschilderungen Geschichtsforschungen, Personendarstellungen und Volkskundliches einflossen, waren ohne Vorbild in der Reiseliteratur. Er erlangte Bedeutung als Balladendichter und durch seine erst in vorgerücktem Alter begonnenen Romane, von denen „Effi Briest", „Unterm Birnbaum", „Grete Minde" und der „Stechlin" besonders bekannt wurden. Ein großer Teil seiner Romane wurde verfilmt.

Eva Hoffmann-Aleith: *Geschenke*
Aus „Wir wandern zur Krippe", Evangelische Verlagsanstalt, Berlin 1959, herausgegeben von Maria Rathmann.

Eva Hoffmann-Aleith, eigentlich Eva Hempel, wurde am 26. 10. 1910 in Bergfeld Kreis Bromberg geboren. Sie lebt als promovierte Theologin und Pastorin in Stüdenitz Kreis Kyritz in der Mark Brandenburg. Sie schrieb Novellen und Romane. Beiträge von ihr wurden in zahlreiche Anthologien aufgenommen, so in „Kirche in der Mark, Berichte und Bilder“.

Max Lindow: *De Wihnachtshas'*
Aus „Afsied van d' Stroot“, Druck und Verlag C. Vincent, Prenzlau 1925.

Max Lindow wurde am 27. 5. 1875 als Sohn eines Lehrers in Fahrenwalde in der Uckermark geboren, wo er auch seine Kinder- und Jugendjahre verbrachte. Er besuchte die Präparandenanstalt in Joachimsthal und das Lehrerseminar in Prenzlau. Seine Lehrertätigkeit begann er 1896 in Brüssow. Siebenunddreißig Jahre lang übte er dann seinen Beruf in Prenzlau aus. Max Lindow starb 1950 in Dargesin bei Gützkow. Er gilt als der bedeutendste Mundartschriftsteller der Uckermark, deren Landschaft und Menschen er in humorvoller Weise in seinen Schilderungen – sowohl den plattdeutschen wie auch den hochdeutschen – lebendig werden ließ. Auch seine hochdeutschen Schriften, für Kinder der drei ersten Schuljahre gedacht – sie wurden in Brandenburg als Schullesestoff eingeführt –, verraten den Niederdeutschen. Während seiner Prenzlauer Zeit war er ständiger Mitarbeiter des „Uckermärkischen Kuriers“, für den er 25 Jahre lang plattdeutsche Kurzgeschichten schrieb.

Victor Blüthgen: *Sankt Niklas und das Telephon*
Aus „Weihnachtsgedichte“ für den Schulgebrauch zusammengestellt von Werner Wolk, Verlag Deutsche Jugendbücherei, Nr. 375, Berlin Grunewald 1951.

Victor Blüthgen wurde am 4. 1. 1844 in Zörbig Kreis Bitterfeld als Sohn eines Postvorstehers geboren. Er war Schüler der Franckeschen Stiftungen in Halle, mußte sein Studium abbrechen und wurde zunächst Hauslehrer. 1881 zog er nach Freienwalde an der Oder, wo er als freier Schriftsteller lebte. Mit seiner zweiten Frau, der früher viel gelesenen Schriftstellerin Cl. Kilburger, lebte er dann vorwiegend in Berlin, wo er am 2. 4. 1920 starb. Victor Blüthgen schrieb viele früher sehr beliebte, teilweise auch heute noch bekannte Kindergedichte wie das vom Drachensteigen „Ach, wer doch das könnte“.

Wilhelm Kotzde: *Christnacht im Schnee*
Aus „Kleine Leute, Geschichten aus der Heimat“, Verlag des Märkischen Bundes, Berlin 1905.

Wilhelm Kotzde, eigentlich Kottenrodt, wurde am 1. 3. 1878 in Gohlitz im Havelland geboren. Er wurde Lehrer und lebte in Rathenow, später in Ebnet bei Freiburg, wo er am 4. 9. 1948 starb. Kottenrodt stand der protestantisch-nationalen Jugendbewegung nahe. Er schrieb märkische Heimatromane und nahm häufig seine Stoffe aus der deutschen Vergangenheit. Der Sitz der Wilhelm-Kotzde-Kottenrodt-Gemeinde ist Rheine.

Erika Mahlow: *Der gestohlene Himmel*
Aus „Und das Licht scheint in der Finsternis“, Heft 51 der Schriftenreihe für die Ost-West-Begegnung, herausgegeben vom Arbeits- und Sozialminister des Landes Nordrhein-Westfalen, Wegweiserverlag Troisdorf.

Erika Mahlow wurde am 20. 10. 1909 in Alt-Döbern in der Niederlausitz geboren. Sie besuchte die Schule in Kloster Zinna, Jüterbog, Luckenwalde und Berlin. Frühe Heirat und eine große Familie ließen zunächst wenig Raum für literarische Veröffentlichungen. Nach dem Krieg schrieb sie Gedichte, Erzählungen, zwei Kurzromane und für das Feuilleton in Zeitungen und Zeitschriften. Nach dem 2. Weltkrieg lebte sie lange in Kiel, später in Fulda. Sie starb 1991.

Erna Taege-Röhnisch: *Wihnachtsobend*
Aus „De Handorgel, Kurmärkische Dichtungen“, Ludwig Voggenreiter Verlag, Potsdam 1938.

Erna Röhnisch geborene Taege wurde am 12. 1. 1909 als Tochter eines Waldarbeiters in Bebersee, Kreis Templin, geboren. Nach Tätigkeiten in der Forst- und Landwirtschaft und als Büroangestellte übte sie den Lehrberuf aus. Sie arbeitete am Brandenburg-Berlinischen Wörterbuch mit und war volkskundliche Mitarbeiterin am Museum Templin. Seit 1929 veröffentlichte sie Erzählungen, Lyrik, Essays und Mundartdichtung. Sie erhielt den Literaturpreis aus der Stiftung zur Förderung des Kurmärkischen Schrifttums 1938. Erna Taege-Röhnisch lebt in Templin in der Uckermark.

Friedrich Wilhelm August Schmidt von Werneuchen: *Der heilige Abend vor Weihnachten*
Aus „Arsenal, Poesie deutscher Minderdichter vom 16.–20. Jahrhundert“, Propyläen Verlag, Berlin 1973.

Friedrich Wilhelm August Schmidt von Werneuchen wurde am 23. 3. 1764 in Fahrland bei Potsdam geboren. Er wuchs im Schindlerschen Waisenhaus in Berlin auf, studierte in Halle Theologie und wurde dann Prediger am Invalidenhaus in Berlin. 1776 wurde er Pfarrer in Werneuchen. Er gab verschiedene Musenalmanache heraus. Goethe parodierte Schmidt von Werneuchen, den Dichter der ländlichen Idylle, als „Märkischen Sandpoeten“ in „Musen und Grazien in der Mark“ 1797. Friedrich Wilhelm August Schmidt von Werneuchen starb am 24. 4. 1838 in Werneuchen.

Gerhard Till: *Der Weihnachtschoral, Aus dem Leben Friedrichs des Großen*
Aus „Heilige Nacht“, noch ein Weihnachtsbuch von Pfarrer A. Bertsch, Quell Verlag, Stuttgart 1929.

Wilhelm Bornemann: *Der Berliner Weihnachts-Markt*
Aus „Gedichte in Plattdeutscher Mundart“, gedruckt und verlegt in der Deckerschen Geh. Ober-Hofdruckerei, Berlin 1827.

Johann Wilhelm Jakob Bornemann wurde am 2. 2. 1766 in Gardelegen geboren. Er studierte Theologie in Halle, wurde aber dann nach bestandenem Examen 1794 Lotteriesekretär, später Generaldirektor der preußischen Lotterie. 1849 trat er in den Ruhestand. Wilhelm Bornemann war nach Voß der erste bedeutende plattdeutsche Dichter. Er beschreibt Landschaft und Bewohner, gut beobachtet, in humorvoller Form. Bekannter als er ist heute noch sein Lied „Im Wald und auf der Heide“. Er starb am 25. 5. 1851 in Berlin.

Wilhelm Raabe: *Besuch des Weihnachtsmarktes*
Aus „Die Chronik der Sperlingsgasse“ (1857) G. Grotesche Verlagsbuchhandlung, Hamm

Wilhelm Raabe , am 8. 9. 1831 in Ebershausen bei Braunschweig geboren, kam 1823 als Student nach Berlin, damals zur Provinz Brandenburg gehörig. Die Spreestraße, in der er dort wohnte, wurde später in Sperlingsgasse umgetauft, eingedenk seines ersten Romans „Die Chronk der Sperlingsgasse“, den er 1854 begann. Ab 1856 lebte Wilhelm Raabe als freier Schriftsteller zunächst in Wolfenbüttel, 1862–70 in Stuttgart, danach in Braunschweig, wo er am 15. 11. 1910 starb. Wilhelm Raabe gehört mit seinem umfangreichen Werk zu den bedeutendsten realistischen deutschen Erzählern.

Johannes Keßler: *Weihnachten im kaiserlichen Palais*
Aus „Ich schwöre mir ewige Jugend“, Paul List Verlag, Leipzig 1935.

Johannes Keßler wurde am 8. 5. 1865 in Köstritz als Sohn eines Theologen geboren. Wie der Vater wurde auch er Theologe. Er wuchs in Thüringen und in der Altmark auf und besuchte später das Gymnasium in Gütersloh. Er studierte dann in Leipzig und Berlin und legte 1887 sein 1. Theologisches Examen ab. Er war zunächst Prinzenerzieher bei Kaiser Wilhelm II., später vierzehn Jahre lang Hofprediger an der Potsdamer Garnisonkirche.

Peter Huchel: *Die Hirtenstrophe*
Aus „Peter Huchel, Die Sternenreuse, Gedichte 1925–1947“, Piper Verlag, München 1967.

Peter Huchel wurde am 3. 4. 1903 in Berlin-Lichterfelde als Sohn eines Beamten geboren. Seine Kindheit verbrachte er auf dem Hof seines Großvaters in Alt-Langerwisch in der Mark Brandenburg. Er studierte Philosophie und Literatur in Berlin, Freiburg, Wien und lebte danach in Frankreich, auf dem Balkan und in der Türkei. 1925 arbeitete er, wieder zurückgekehrt, als freier Schriftsteller zunächst in Berlin und ab 1928 in Alt-Langerwisch. 1945 kehrte er aus russischer Kriegsgefangenschaft – er war von 1940–1945 Soldat gewesen – zurück und wurde Lektor, Chefdramaturg und Sendeleiter beim Ostberliner Rundfunk. Von 1948–1962 leitete er die Zeitschrift „Sinn und Form“ in Potsdam. Die letzten Jahre lebte er in Rom. Peter Huchel starb am 30. 4. 1981. Sein lyrisches Werk, wurzelnd in seiner märkischen Heimat, wurde mit vielen Preisen ausgezeichnet und in viele Sprachen übersetzt.

Fritz Lening: *Wiehnachten in Motzien*
Aus „Dree Wiehnachten, 'ne Geschichte in märkische Mundart", J. G. Cotta'sche Buchhandlung, Stuttgart 1885.

Fritz Lening, eigentlich Schmidt, wurde am 8. 10. 1827 in Kotzen bei Friesack in der Provinz Brandenburg geboren. Er erlernte die Landwirtschaft, betrieb später einen Holzhandel. 1858 verzog er nach Milow an der Havel, 1883 dann nach Rathenow, wo er am 17. 1. 1888 als Rentner starb. In seinem plattdeutschen Roman beschreibt er humorvoll und mit Liebe zum Detail das dörfliche Leben in einem brandenburgischen Dorf zur Zeit der Revolution 1848.

Richard Dehmel: *Weihnachtsglocken*
Aus „Deutsches Weihnachtsbüchlein für den Schulgebrauch", im Auftrage der literarischen Vereinigung des Berliner Lehrer-Vereins herausgegeben von Wilhelm Kotzde, Verlag von Johannes Räde, Berlin W. 15 o. J.

Richard Dehmel wurde am 18. 11. 1863 in Wendisch-Hermsdorf beim Spreewald geboren. Bis zu seinem 9. Lebensjahr besuchte er die Volksschule in Kremmen, wo sein Vater Revierförster war, dann das Berliner Sophien-Gymnasium bis kurz vor dem Abitur, das er dann in Danzig ablegte. Ab Herbst 1882 studierte er Philosophie, Volkswirtschaft und Naturwissenschaften. 1887 schloß er sein Studium in Leipzig mit dem Dr. phil. ab und war bis 1895 Sekretär des Verbandes Deutscher Feuerversicherungsgesellschaften in Berlin. 1889 heiratete er Paula Oppenhelmer. Die Ehe dauerte 10 Jahre. Nach der Trennung ging er mit seiner 2. Frau auf Reisen ins Ausland und wurde 1902 in Hamburg-Blankenese ansäßig. Dort starb er am 8. 2. 1920. Sein Haus in Berlin-Pankow war Treffpunkt junger Naturalisten. In Hamburg verband ihn eine starke Freundschaft mit Liliencron. Das literarische Werk Richard Dehmels fand zu seinen Lebzeiten starke Beachtung. In Hamburg-Blankenese befindet sich das Richard-Dehmel-Archiv.

Paula Dehmel: *Wie der alte Christian Weihnachten feierte*
Aus „Deutsche Weihnachtsgeschichten", Franz Schneider Verlag, Leipzig und Wien 1918.

Paula Dehmel, geb. Oppenheimer, wurde am 31. 10. 1862 als Tochter eines Predigers der jüdischen Reformgemeinde in Berlin geboren. Von 1889–1898 war sie mit Richard Dehmel verheiratet. Nach der Trennung lebte sie mit ihren drei Kindern weiterhin in Berlin, wo sie am 9. 7. 1918 starb. Ihre Kinderbücher gab sie zum Teil mit Richard Dehmel gemeinsam heraus. Ihr Berliner Heim war Mittelpunkt eines wechselnden Kreises von Schriftstellern. 1955 wurde in Berlin eine Schule in der Streblitzer Straße nach ihr benannt.

Hans Zappe: *Frohe Ungeduld – du leuchtest weithin* (gekürzt)
Aus „Nun leuchtet uns ein heller Schein", Evangelische Verlagsanstalt, Berlin 1958.

Hans Zappe wurde am 28. 3. 1895 als Sohn eines Kaufmanns in Potsdam geboren. Er wuchs mit sieben Geschwistern zusammen in einem Arbeiterviertel auf. Nach dem Abitur machte er zunächst eine Lehre als Bankkaufmann durch. 1916 wurde er als Ersatz-Rekrut zum Wehrdienst eingezogen. Nach dem 1. Weltkrieg begann er eine journalistische Ausbildung in Königsberg in Preußen. Er war von 1918–1920 Volonteur beim Königsberger Anzeiger, von 1921–1923 Redakteur der „Täglichen Rundschau" Berlin und schrieb bis 1945 für verschiedene Zeitungen und Zeitschriften im Scherl Verlag, Berlin. 1945 war er anfangs Leiter der dramaturgischen Abteilung der Potsdamer Gastspieldirektion, danach Referent im Informationsamt der Provinzialregierung des Landes Brandenburg. Ab 1946 arbeitete er wieder als Redakteur an verschiedenen Berliner und Potsdamer Zeitungen und war von 1953 bis zu seinem Tode am 21. 3. 1965 freischaffend in Potsdam tätig. Das Werk Hans Zappes umfaßt neben Veröffentlichungen als Redakteur Kurzgeschichten, Roman, (zwei Potsdamer Romane), Hörspiele, Erzählungen und Lyrik.

Christian Ryke: *Das Weihnachtswunder*
Aus „Wie die Orgelpfeifen, heitere Geschichte einer kinderreichen Familie", Eugen Salzer Verlag, Heilbronn 1954.

Christian Ryke wurde im Jahre 1913 in Wichmannsdorf Kreis Templin als Sohn eines Pfarrers geboren. Die Rykes entstammen einer der ältesten Berliner Familien. Seine Schulzeit war geprägt durch den Besuch des Königl. Joachimsthaler Gymnasiums, einer Hohenzollernstiftung. Nach dem Abitur studierte er Jura in Rostock, Leipzig,

Greifswald und Frankfurt am Main, wo er zum Dr. jur. promovierte. Nach seiner Referendarzeit war er als Richter u. a. auch in der Mark tätig. In den Kriegsjahren 1942–1945 war er Chefreporter bei Albert Speer. Nach 1945 arbeitete er zunächst in der Photo-Industrie, dann wieder als Richter in Hessen, in den letzten Jahren bis zu seiner Pensionierung als Strafverteidiger. Heute widmet er sich ganz seiner Schriftstellerei für Funk und Fernsehen unter verschiedenen Pseudonymen. Christian Ryke lebt in Wiesbaden. Bekannt wurde er durch den autobiographischen Roman über sein Elternhaus „Wie die Orgelpfeifen“, der auch als Taschenbuch vorliegt und in mehrere Sprachen übersetzt wurde.

Paul Gerhardt: *Neujahrslied*
Aus „Deutsche Weihnachtslieder, Eine Festgabe von Karl Simrock“, unveränderter Nachdruck der Ausgabe von 1865.

Paul Gerhardt wurde am 12. 3. 1607 in Gräfenhainichen in Sachsen als Sohn eines Gastwirts und Bürgermeisters geboren. Von 1622–1627 besuchte er die Fürstenschule in Grimma, anschließend studierte er Theologie in Wittenberg. Von 1642–1651 war er als Hauslehrer tätig, u. a. beim Kammergerichtsadvokaten A. Barthold in Berlin, deren Tochter er später heiratete. Nach fast zweijähriger Tätigkeit als Pfarrer in Mittenwalde in der Mark Brandenburg wurde er Diakonus an der Nikolaikirche in Berlin, verlor das Amt jedoch 1666, weil er sich weigerte, das Toleranzedikt des Großen Kurfürsten zu unterschreiben. Er war daraufhin zwei Jahre Privatlehrer in Berlin und wurde 1669 Archidiakonus in Lübben an der Spree, wo er am 27. 5. 1676 starb. Sein Liedgut, mit so bekannten Liedern wie „Nun ruhen alle Wälder“, „Befiehl du deine Wege“ und „Geh aus mein Herz und suche Freud“, gehört zu dem Wertvollsten des evangelischen Gesangbuches.

Der Verlag dankt allen Autoren, Rechtsinhabern und Verlagen für die freundlichen Erlaubnisse zum Abdruck der Beiträge. In den Fällen, wo die Inhaber der Rechte trotz aller Bemühungen nicht festzustellen oder erreichbar waren, verpflichtet sich der Verlag, rechtmäßige Ansprüche im üblichen Rahmen abzugelten.

Inhaltsverzeichnis

Regionalia im HUSUM TASCHENBUCH

Anekdoten aus Baden-Württemberg · aus Bayern · aus Berlin · aus Brandenburg · aus Hamburg · aus Hessen · aus Mecklenburg-Vorpommern · aus Niedersachsen · aus Ostpreußen · aus Pommern · aus Sachsen · aus Sachsen-Anhalt · aus Schlesien · aus Schleswig-Holstein 1 · aus Schleswig-Holstein 2 · aus Thüringen · vom Militär – **Entdecken und erleben (Reiseführer):** Mecklenburg-Vorpommerns Kunst · Niedersachsens Kunst · Niedersachsens Literatur · Ostpreußens Literatur · Schleswig-Holsteins Geschichte · Schleswig-Holsteins Kunst · Schleswig-Holsteins Literatur – **Im Gedicht:** Berlin · Niedersachsen · Schleswig-Holstein – **Humor** aus Schlesien – Schlesische **Kinderreime – Kinder- und Jugendspiele** aus Schleswig-Holstein 1 · aus Schleswig-Holstein 3 · aus Westfalen – **Kindheitserinnerungen** aus Berlin · aus Hamburg · aus Köln · vom Niederrhein · aus Oberschlesien · aus Ostpreußen · aus Pommern · aus Sachsen · aus Schlesien · aus Schleswig-Holstein · aus Westfalen – **Komponisten** aus Schleswig-Holstein – **Krippengeschichten** aus Deutschland – **Legenden** der kanadischen Indianer · aus Westfalen – **Märchen** aus Baden-Württemberg · aus Mecklenburg · aus Niedersachsen · aus Schleswig-Holstein · aus Westfalen – **Redensarten** aus Hessen – **Aus dem Sagenschatz** der Brandenburger und Schlesier · der Franken · der Hessen · der Niedersachsen und Westfalen · der Österreicher · der Ostpreußen und Pommern · der Sachsen · der Schleswig-Holsteiner und Mecklenburger · der Schwaben · der Thüringer – **Volkssagen** aus Niedersachsen – **Sagen** aus Baden-Württemberg · aus Franken · aus Hamburg · aus Mecklenburg · aus Sachsen · aus Schlesien · aus Schleswig-Holstein · aus Südtirol · aus Westfalen – **Schulerinnerungen** aus Franken · aus Hamburg · aus Mecklenburg · aus Niedersachsen · aus Ostpreußen · aus Schleswig-Holstein – **Schwänke** aus Bayern · aus Franken · aus Schleswig-Holstein · aus Schwaben · aus Westfalen – **Sprichwörter** aus Hessen – **Sprichwörter und Redensarten** aus Mecklenburg · aus Schleswig-Holstein – **Plattdeutsche Sprichwörter** aus Niedersachsen – **Weihnachtsgeschichten** aus Baden · aus Bayern · aus Berlin · aus Brandenburg · aus Bremen · aus Franken · aus Hamburg · aus Hessen · aus Köln · aus Mecklenburg · aus München · vom Niederrhein · aus Niedersachsen · aus Oberschlesien · aus Ostpreußen · aus Pommern · aus dem Rheinland und der Pfalz · aus Sachsen · aus Sachsen-Anhalt · aus Schlesien · aus Schleswig-Holstein 1 · aus Schleswig-Holstein 2 · aus Schwaben · aus dem Sudetenland · aus Thüringen · aus Westfalen · aus Württemberg – **Weihnachtsmärchen und Weihnachtssagen** aus Schleswig-Holstein – **Witze** aus Hamburg · aus Mecklenburg · aus Ostpreußen · aus Pommern · aus Sachsen · aus Schleswig-Holstein

HUSUM

HUSUM DRUCK- UND VERLAGSGESELLSCHAFT
Postfach 1480 · D-25804 Husum